Edwidge Danticat

La vita dentro

Racconti haitiani

Traduzione di
Velia Februari

SOCIETÀ EDITRICE MILANESE

Questo libro è un'opera di fantasia. Personaggi e luoghi citati sono invenzioni dell'autore e hanno lo scopo di conferire veridicità alla narrazione. Qualsiasi analogia con fatti, luoghi e persone reali è assolutamente casuale.

Questi racconti sono apparsi per la prima volta, in forme diverse, sulle seguenti pubblicazioni: *Dosas* con il titolo *Elsie* (inverno 2006) e *Ai vecchi tempi* (primavera 2012) in "Callaloo"; *Il regalo* con il titolo *Bastille Day* ("La presa della Bastiglia", giugno 2011) in "The Caribbean Writer"; *Mongolfiere* (primavera 2011) sulla rivista "Granta"; *"Amami e poi lasciami"* (ottobre 2013) sulla rivista "Ms."; *Alba, tramonto* (luglio 2017) e *Approdi* (maggio 2018) su "The New Yorker"; e un brano da *Sette storie* con il titolo di *Quality Control* ("Controllo qualità", autunno 2014) sul "Washington Post Magazine".

La vita dentro. Racconti haitiani
di Edwidge Danticat

ISBN 978-88-93-90291-5

Titolo originale dell'opera: *Everything Inside*

www.semlibri.com

A Jonathan e Joanne

Nascere è il primo esilio.
Camminare sulla terra
è un'eterna diaspora.

CINDY JIMÉNEZ-VERA

Noi amiamo perché
è l'unica vera avventura.

NIKKI GIOVANNI

Dosas

Elsie era insieme a Gaspard, il paziente affetto da insufficienza renale che in quel periodo assisteva a domicilio, quando l'ex marito le telefonò: Olivia, la sua nuova compagna, era stata rapita a Port-au-Prince.

Elsie aveva appena finito di dare la minestra di cavolo a Gaspard quando il cellulare aveva preso a squillare. Il paziente era a letto, la testa sostenuta da due cuscini, la faccia gonfia e butterata rivolta verso il lucernario che gli offriva una visuale sghemba della mastodontica palma da cocco pendente da anni sulla casa, una villetta monofamiliare sulle rive del lago.

Elsie tenne in bilico il cellulare tra l'orecchio sinistro e la spalla, e con la mano destra tolse un pezzetto di cavolo dal mento di Gaspard. Agitando le braccia come un direttore d'orchestra, lui le comunicò di rimanere nella stanza, e intanto le fece cenno di proseguire pure la conversazione. Elsie distolse l'attenzione da Gaspard per concentrarsi sulla chiamata, accostò il telefono alla bocca e chiese «*Ki lè?*», "Quando?".

«Stamattina.» Con voce roca e stanca Blaise, l'ex marito, storpiava le parole. Della cadenza melodiosa che Elsie attribuiva al suo passato di cantante non restava traccia. Era stata soppiantata da un sussurro quasi impercettibile. «Era appena uscita da casa di sua madre» proseguì. «Due uomini l'hanno agguantata, l'hanno spinta su un'automobile e sono partiti.»

Elsie immaginava Blaise seduto o in piedi, esattamente come lei in quel momento, con il cellulare incastrato tra il lungo collo e le spalle strette, mentre usava le mani libere per stuzzicarsi le unghie. Le unghie pulite erano una delle sue tante ossessioni. Le dita sporche lo mandavano al manicomio perché, come ipotizzava Elsie, avendo praticato il mestiere di meccanico a Haiti per gran parte della sua vita, di rado aveva avuto le lunghe unghie da chitarrista perfettamente pulite.

«Non sei andato a Haiti con lei?» domandò Elsie.

«Hai ragione» rispose lui, con un sospiro che le parve interminabile. «Avrei dovuto accompagnarla.»

Gli occhi pazienti di Elsie si staccarono dal vetro del lucernario sul quale la palma in fiore aveva sparso una manciata di semi bruni. Gaspard aveva finto di non sentire, ma ora la stava fissando dritto in faccia. Spostava inquieto il peso da un lato all'altro del letto e, ogni tanto, si fermava per riprendere fiato.

Quel giorno Gaspard aveva compiuto sessantacinque anni e prima di pranzo aveva chiesto alla figlia una bottiglia di champagne; avrebbe dovuto evitare gli alcolici, ma l'aveva tormentata al punto da farla cedere, a patto che ne bevesse solo qualche sorso. La figlia, Mona, di dieci anni più giovane di Elsie, che ne aveva trentasei, era arrivata da New York per andare a trovarlo a Miami Lakes. Era uscita per procurarsi lo champagne e adesso era tornata.

«Elsie, ora dovresti riagganciare» disse entrando nella stanza e posando tre calici di cristallo sul tavolinetto pieghevole accanto al letto.

«Richiamami appena puoi» disse Elsie a Blaise.

Poi, dopo aver chiuso la telefonata, raggiunse la figlia filiforme del malato. Erano alte uguali e avevano la stessa corporatura, ma a Elsie sembrava quasi di essere sua madre. Forse perché per molti anni si era presa cura degli altri. Faceva l'assistente infermiera, anche se in quel caso particolare non era prevista la presenza di infermieri. Era lì per garantire il benessere e la sicurezza di Gaspard, per rilevare i parametri vitali, per nutrirlo e lavarlo, per fare qualche lavoro domestico e in generale per tenergli compagnia tra le due sedute di dialisi settimanali, finché l'uomo non avesse deciso se accettare o meno uno dei reni che la figlia gli aveva offerto. Mona aveva ricevuto il nullaosta dei medici, ma Gaspard non aveva ancora preso una decisione in merito.

La figlia versò lo champagne ed Elsie la osservò intensamente mentre porgeva un calice al padre.

«*À la vie*» disse Mona brindando con lui. «Alla vita.»

Quel pomeriggio Blaise richiamò Elsie per informarla che la madre di Olivia era stata contattata dai rapitori. Aveva chiesto di parlare con la figlia, ma i sequestratori si erano rifiutati di passargliela.

«Ne vogliono cinquantamila» disse Blaise con una voce tanto nasale e così in fretta che Elsie dovette chiedergli di ripetere la cifra.

«Dollari?» domandò lei per sicurezza.

Lo immaginò muovere avanti e indietro la sua testa a punta mentre rispondeva: «*Wi*».

«Ovviamente la madre non li ha» precisò Blaise. «Non è gente ricca. Tutti dicono che dovremmo negoziare. Magari riusciamo a scendere a dieci. Sto chiedendo prestiti in giro.»

Elsie avrebbe tanto voluto che Blaise si riferisse a dieci dollari, perché in tal caso sarebbe stato semplice. Dieci dollari e la sua vecchia amica, nonché rivale in amore, sarebbe stata libera. L'ex marito avrebbe smesso di chiamarla al lavoro. Ma, naturalmente, Blaise intendeva diecimila dollari.

«Gesù, Giuseppe e Maria.» Elsie borbottò una breve preghiera sottovoce. «Mi dispiace» gli disse infine.

«È un incubo.» Ora Blaise sembrava fin troppo tranquillo. Elsie non ne fu sorpresa. Era uno che si lasciava facilmente sopraffare dalla preoccupazione. Settimane dopo aver mollato la band di musica *konpa* che aveva fondato e di cui era stato anche la voce principale, Blaise non faceva altro che starsene chiuso in casa a suonare la chitarra. Anche allora aveva dimostrato una calma fuori dal comune.

Olivia, ex amica di Elsie, sapeva come mettersi in mostra. La pelle olivastra, un cespuglio di capelli che portava raccolti in una crocchia ingelatinata, era una ragazza piuttosto carina. Ma ciò che Elsie aveva notato subito era la sua ambizione. Olivia aveva due anni meno di lei ed era molto più espansiva. Mentre parlava le piaceva toccare le persone sulle braccia, sulla schiena o sulla spalla, sia che fossero pazienti, dottori, infermieri o assistenti infermieri come lei. A nessuno sembrava dare fastidio. Anzi, nel giro di poco le sue carezze erano non solo attese o ben accolte, ma addirittura agognate. Olivia era una delle assistenti infermiere abilitate più richieste dell'agenzia di North Miami. Grazie alla sua padronanza pressoché perfetta di un inglese da manuale, veniva spesso assegnata ai pazienti più ricchi e più facili da gestire.

Elsie e Olivia si erano conosciute durante un corso di aggiornamento di una settimana al termine del quale si erano sentite calamitate l'una verso l'altra da una specie di affinità elettiva. Quando era possibile, chiedevano all'agenzia di essere destinate alla stessa casa di riposo, dove si occupavano principalmente di pazienti anziani non più autosufficienti. Di notte, dopo che i ricoverati erano stati medicati e messi a letto, restavano sveglie a spettegolare a bassa voce, a giudicare e condannare i figli e i nipoti dei pazienti le cui foto incorniciate se ne stavano sui comodini tra i flaconi dei farmaci, i figli e i nipoti dei quali raramente avevano sentito la voce al telefono e quasi mai visto la faccia dal vivo.

La mattina dopo Elsie aiutò Gaspard a togliere il pigiama per indossare la tuta grigia che portava durante il giorno. Elsie sperava che acconsentisse a fare una passeggiata lungo i giardini ben curati del complesso urbano dove abitava, magari lasciandosi spingere sulla carrozzina, ma lui preferiva restare in casa, a letto. Proprio come faceva tutte le mattine, negli ultimi giorni, sussurrò: «Elsie, fiore mio, credo di essere alla fine».

Rispetto ad altre volte, in cui finiva per sonnecchiare anche mentre rantolava, quel giorno Gaspard era relativamente stabile. Aveva però il viso sempre più gonfio e i lineamenti stravolti, tanto che la sua testa pareva ora quella di un bambino appena nato.

«Dov'è Nana?» chiese usando il nomignolo della figlia.

Mona dormiva nella sua vecchia camera le cui pareti erano tappezzate da poster di cantanti e attori non più famosi, o morti da tempo. Elsie sapeva poco di lei, tranne che abitava a New York dove lavorava per un'azienda di cosmetici; ideava etichette per i saponi, le creme per il viso e le lozioni che affollavano tutte le mensole di tutti gli armadietti dei tre bagni della casa di suo padre. Non era sposata e non aveva figli e, a un certo punto, doveva essere stata una reginetta di bellezza, almeno a giudicare dalle foto appese per casa in cui indossava abiti di paillette e bikini, con la fascia sul petto. In una delle fotografie sfoggiava il titolo di Miss Haiti-America, qualsiasi cosa significasse.

Gaspard le aveva raccontato che alcuni anni prima sua moglie, ovvero la madre di Mona, gli aveva chiesto il divorzio e si era trasferita in Canada, dove aveva dei parenti.

Glielo aveva detto, sospettava Elsie, per spiegarle come mai non ci fosse una donna a prendersi cura di lui. Spesso, siccome la figlia arrivava il venerdì sera e ripartiva la domenica pomeriggio, aggiungeva che nei fine settimana in cui non si presentava da lui, Mona doveva andare a trovare la madre.

«Non voglio che tu pensi che Nana non si interessi a me come fanno molti figli nei confronti dei genitori in questo paese» le aveva detto.

«Adesso è qui, *mesye* Gaspard» aveva replicato Elsie. «Ed è questo che conta.»

A eccezione di quelle della figlia, Gaspard odiava le visite. Non perdeva tempo a spiegare alle persone che gli telefonavano, specialmente i clienti e i colleghi commercialisti con cui aveva lavorato per anni nel suo studio di contabilità e servizi per le aziende, che non voleva farsi vedere nello stato in cui si trovava.

Di solito Mona andava nella camera del padre non appena si svegliava. Per evitare che si stancasse, non parlava molto e per gran parte della mattinata leggeva un libro o messaggiava con il cellulare.

Blaise richiamò intorno all'una, proprio mentre Elsie stava preparando l'insalata di palmito e avocado che Gaspard le aveva chiesto. Era un piatto che gli cucinava sempre la moglie e desiderava condividerlo con la figlia che, in via del tutto eccezionale, avrebbe trascorso l'intera settimana con lui.

«Credo che le abbiano fatto del male, Elsie» stava dicendo Blaise. Parlava lentamente, strascicando le parole, come se si fosse appena svegliato da un sonno profondo.

«Come fai a dirlo?» gli chiese lei. Il pollice le slittò accidentalmente sulla lama del coltello che stava usando per tagliare il palmito. Strinse i lembi della ferita con i denti e il dolce sapore del sangue rimase a lungo sulla sua lingua.

«Non lo so per certo,» rispose lui «ma me lo sento. Sai che non è una che si arrende. Si ribellerà.»

La sera in cui Olivia e suo marito si erano conosciuti, Elsie l'aveva portata a sentire la band di Blaise, i Kajou, che suonavano al Dédé Night Club di Little Haiti. Il locale era di proprietà di Luca Dédé che, come Blaise, veniva dal Nord di Haiti, e più precisamente da Limbé. Era stato Luca Dédé, un ricco amico d'infanzia di Blaise, a procurargli il visto per un tour dei locali haitiani negli Stati Uniti. I concerti non avevano avuto grande successo e la carriera di Blaise non era mai decollata, ragion per cui si era trovato costretto a dedicarsi a vari lavoretti in nero durante il giorno.

Quella sera Elsie indossava una semplice camicetta bianca e una sobria gonna nera lunga fino al ginocchio, come se avesse dovuto andare in ufficio. Olivia sfoggiava un abitino verde di paillette che aveva comprato in un mercatino dell'usato.

«Era il vestito più elegante che avevano» aveva detto Olivia quando Elsie le era andata incontro all'ingresso.

Il Dédé non era un posto raffinato, ma una bettola con le pareti in mattoni e vecchi séparé di pelle nera tra i tavoli sparsi davanti al palco, che talvolta era usato come pista da ballo.

«Per stasera volevo un abito rosso, ma non ce l'avevano» aveva aggiunto Olivia. «Rosso come il fuoco. Come il sangue.»

«Ti ci vorrebbe un uomo» aveva commentato Elsie.

«Altroché» aveva risposto Olivia inclinandosi sui tacchi di dodici centimetri per stampare un bacio sulla guancia dell'amica. Era la prima volta che Olivia la accoglieva con un bacio anziché con una delle sue consuete carezze. Erano uscite per divertirsi, lontano dalla solita gabbia di malattia e morte.

Quella sera gli uomini le mangiavano con gli occhi, compreso Luca Dédé, che continuava a lisciarsi la barba folta e setolosa come per calmarsi i nervi. Un ciuffo di capelli vicino alla sua fronte, che aveva iniziato a ingrigire, attirava l'attenzione di Elsie. Aveva anche notato che Dédé indossava quasi sempre gli stessi vestiti, una camicia bianca e un paio di pantaloncini beige.

Come sempre al suo posto dietro al bancone del bar, Dédé aveva lanciato ammicchi e cocktail verso le due giovani finché non aveva capito che Olivia non era interessata a lui. La giovane aveva ballato con tutti gli uomini che si erano presentati al loro tavolo e le avevano offerto la mano. Dopo parecchi punch al rum e tra una canzone e l'altra, si era alzata e, per scommessa con Elsie, era salita sul palco, aveva preso posto accanto a Blaise e aveva cantato, con voce sorprendentemente intonata, l'inno nazionale haitiano. Aveva riscosso un uragano di applausi. Il pubblico fischiava e schiamazzava, e a Elsie non era sfuggito che Blaise era tra quelli che schiamazzavano più forte.

«La voglio nella band» aveva gridato al microfono quando Olivia glielo aveva restituito.

«Fa' cantare lei» aveva risposto Elsie dal bancone. «È più brava di te, caro mio.»

Lei e Blaise si erano conosciuti cinque anni prima al Dédé, in una serata più tranquilla. Elsie era entrata in compagnia di una vecchia amica di Haiti, la direttrice dell'agenzia di assistenza domiciliare che l'aveva aiutata a ottenere il visto per gli Stati Uniti, che le aveva fatto da mentore durante il corso di abilitazione, che l'aveva assunta e le aveva offerto un alloggio finché non si era potuta permettere di stare in una casa tutta sua.

La prima volta che aveva sentito Blaise cantare con i Kajou, Elsie non ne era rimasta particolarmente colpita. Mentre dimenava il fisico longilineo e dinoccolato sul palco con indosso una *guayabera* e un paio di pantaloni abbondanti – il suo abbigliamento preferito –, Blaise continuava a cantare le solite canzoni dal ritmo trascinante invitando tutti ad alzare le mani. In seguito le avrebbe confessato che era stata la sua aria di indifferenza, di sprezzo persino, ad attrarlo.

«Sembravi l'unica donna nel locale che non avevo la minima speranza di conquistare» le aveva detto scivolando sulla sedia libera accanto a lei al Dédé. Lui aveva un debole per le sfide.

«Ho trovato un paio di prestiti» le annunciò Blaise quando la richiamò qualche ora dopo quello stesso giorno. Aveva la voce rotta e balbettava, ed Elsie si domandò se avesse pianto.

«Ho quattrocentocinquanta» aggiunse. «Credi che li accetteranno?»

«Intendi mandare i soldi e lavartene le mani?» chiese Elsie.

«Quando avrò tutti i soldi, li porterò io di persona» rispose lui.

«E se dovessero rapire anche te?» Elsie si stupì nello scoprirsi tanto preoccupata. Egoisticamente si domandò chi avrebbero chiamato se lui fosse stato rapito. Come lei, Blaise non aveva parenti a Miami. Le persone a lui più vicine erano Dédé e i membri della band, che lo odiavano ancora per aver sciolto il gruppo per ragioni che Blaise non le aveva voluto spiegare. Forse era per quello che l'aveva lasciata e si era messo con Olivia. Olivia avrebbe insistito per sapere cosa fosse successo esattamente nella band, e perché. Olivia avrebbe provato ad appianare le divergenze perché potessero continuare a suonare insieme. Olivia probabilmente credeva, al pari di Blaise, che lui dovesse dedicare tutto il suo tempo alla musica, che lavorare come parcheggiatore ogni giorno lo devastasse spiritualmente.

«Come fai a sapere che non è tutto un raggiro per spillarti soldi?» chiese Elsie.

«Qualcosa non torna» rispose lui. «Non sarebbe stata tutto questo tempo senza chiamarmi.»

Poco dopo aver conosciuto Blaise, Olivia aveva preso l'abitudine di baciarlo sulle guance come faceva con Elsie. All'inizio lei non ci aveva fatto caso. Ma di tanto in tanto lo faceva notare scherzosamente a entrambi, con una battuta: «Giù le mani, *sé m*, quello è mio marito». Nella sua esperienza lavorativa con gli infermi e gli anziani aveva imparato che una malattia trascurata è quella che porta alla morte, perciò si sforzava di mettere le cose in chiaro.

Quando Blaise le chiedeva di portare Olivia ai suoi concerti, Elsie obbediva perché le piaceva stare in compagnia dell'amica fuori dall'ambito lavorativo. E quando lui aveva lasciato la band e non cantava più al Dédé, i tre uscivano insieme per fare la spesa, andare al cinema e persino recarsi alla messa domenicale alla chiesa cattolica di Notre Dame di Little Haiti. Ben presto erano come un trio di fratelli, di cui Olivia era la *dosa*, l'ultima figlia nata dopo una coppia di gemelli, quella in più.

«Scusa se ultimamente non mi sono fatto vivo.» Blaise ora si rivolgeva a lei come aveva fatto nei momenti di intimità durante i loro cinque anni di matrimonio, quei momenti che Elsie tanto aveva amato. «Pensavo che non volessi più saperne di me.»

Per la verità non parliamo da oltre sei mesi, stava pensando lei; invece disse: «È così che funziona dopo un divorzio frettoloso, *non*?».

Elsie attese che l'ex marito dicesse qualcos'altro su Olivia. Blaise era solito dare le notizie a spizzichi e bocconi. Gli ci erano voluti mesi per informarla che intendeva lasciarla per Olivia. Sarebbe stato più facile da accettare se avesse sputato il rospo tutto in una volta. Elsie non avrebbe sprecato tutto quel tempo a rivivere ogni istante che avevano trascorso tutti e tre insieme domandandosi se i due amanti si fossero fatti l'occhiolino alle sue spalle durante la messa, o si fossero scambiati un sorrisetto mentre lei era distesa sull'erba in mezzo a loro dopo una delle uscite del sabato pomeriggio, quando andavano a guardare Blaise che giocava a calcio con Dédé e gli altri amici al Morningside Park.

«Ci sono novità?» chiese per abbreviare l'attesa.

«Hanno chiamato direttamente me.» Blaise deglutì a vuoto. Le orecchie di Elsie erano avvezze a quel genere di suono strozzato grazie al suo lavoro con Gaspard e gli altri ammalati. «*Vòlè yo.*» I sequestratori.

«Che impressione ti hanno fatto?» Voleva sapere tutto quel che sapeva anche lui, così da poter elaborare mentalmente la stessa immagine che aveva in mente Blaise, il medesimo teatro d'ombre.

«Sembravano dei ragazzini, erano giovani. Però non ho registrato la conversazione» precisò, irritato.

«Hai chiesto di parlare con lei?»

«Non me l'hanno permesso» rispose.

«Hai insistito?»

«Credi che non lo abbia fatto? Sono loro che conducono il gioco, lo sai.»

«Sì che lo so.»

«Be', mi pareva di no.»

«Lo so» ribadì lei. «Ma tu glielo hai detto che non avranno neanche un centesimo se non ti lasceranno parlare con lei? Forse non è più loro prigioniera. Lo hai detto anche tu, che avrebbe lottato. Magari è riuscita a scappare.»

«Credi che non abbia chiesto di parlare con la mia donna?» gridò lui.

L'arroganza nel suo tono di voce la infastidì. Donna? La *sua* donna? Blaise non era mai stato il genere di uomo che si rivolgeva così alla compagna. Perlomeno non ad alta voce. Forse la sua inesistente carriera di musicista lo aveva spinto a pensare di poter possedere qualsiasi femmina. E non aveva mai alzato la voce contro di lei. Litigavano di rado, entrambi troppo intenti a custodire nel mutismo tutto l'astio e il malcontento. Elsie lo odiava per aver urlato. Li odiava entrambi.

«Scusami» riprese Blaise recuperando la calma. «Non hanno parlato molto. Mi hanno detto che, se non mando almeno diecimila entro domani pomeriggio, posso iniziare a organizzarle il funerale.»

Proprio in quel momento Elsie udì la figlia di Gaspard chiamare dall'altra stanza: «Elsie, puoi venire qui?». La voce di Mona era gravata dalla stanchezza cronica di chi ama un malato terminale.

«Richiamami più tardi» disse a Blaise, e riagganciò.

Quando Elsie entrò nella camera di Gaspard, trovò Mona seduta sul bordo del letto con lo stesso libro che leggeva da un po' posato sulle ginocchia. Lo stava leggendo anche quando Elsie si era assentata con l'intenzione di caricare i piatti del pranzo nella lavastoviglie e invece aveva finito per rispondere alla telefonata di Blaise.

«Elsie» esordì Mona mentre il padre affondava la testa fra i cuscini. Gaspard aveva le mani chiuse a pugno per resistere stoicamente al dolore, gli occhi serrati. Il suo viso era madido di sudore e pareva che avesse tossito a lungo. Mona gli mise la mascherina dell'ossigeno su naso e bocca, e accese il compressore, che era stato consegnato quel mattino e il cui ronzio impediva a Elsie di sentire bene.

«Scusa, Elsie» le disse Mona parlando in creolo. «Io non ci sono sempre. E non so come lavori di solito, ma sono molto preoccupata per il tempo che passi al cellulare.»

Elsie non voleva spiegare il motivo per cui stava tanto al telefono, ma capì che era suo dovere farlo. Non solo perché riteneva che Mona avesse ragione, che Gaspard meritasse tutta la sua attenzione, ma anche perché non aveva nessun altro a cui chiedere consiglio. L'unica amica su cui avesse mai fatto affidamento, l'unica che era insieme a lei la sera in cui aveva conosciuto Blaise, si era trasferita ad Atlanta. Perciò riferì a Gaspard e alla figlia il motivo di quelle frequenti telefonate, modificando qualche dettaglio fondamentale. Siccome le circostanze la mettevano in imbarazzo, disse loro che Olivia era sua sorella e Blaise suo cognato.

«Mi dispiace, Elsie.» Mona si addolcì immediatamente. Gaspard sgranò gli occhi e tese la mano verso Elsie. Lei gli strinse le dita come faceva a volte per aiutarlo ad alzarsi.

«Preferisci andare a casa?» le domandò Gaspard con voce sempre più rauca. «Possiamo chiedere all'agenzia di mandare qualcun altro.»

«Non posso indovinare i suoi pensieri, *papa*,» disse Mona, che quando parlava in creolo sembrava ancora più giovane «ma credo sia meglio che Elsie continui a lavorare. Pagare un riscatto può rovinare economicamente una persona.»

«Meglio non aspettare» aggiunse Gaspard faticando ancora a riprendere fiato. «Meno tempo tua sorella passa con quei *malfetè*, meglio è per lei.»

Gaspard si volse verso la figlia in cerca di approvazione e Mona si ammorbidì, annuendo con riluttanza.

«Se vuoi salvare tua sorella,» concluse l'uomo ormai rantolando «devi cedere alle loro richieste.»

«Ho cinquemila dollari sul conto» disse Elsie quando Blaise la richiamò nel pomeriggio. In realtà ne aveva seimilanovecento, ma non poteva separarsi da tutti i suoi risparmi in una volta, casomai si fosse verificata un'altra emergenza a Haiti o a Miami. Lui già sapeva dei cinquemila. Era all'incirca la stessa cifra che Elsie aveva messo da parte quando stavano insieme. Lei sperava di raddoppiare i suoi risparmi, ma non ci era riuscita dopo il trasloco dall'appartamento dove viveva con Blaise nel monolocale di North Miami, inoltre mandava un assegno mensile ai genitori, che vivevano a Les Cayes, e pagava la retta scolastica del fratello minore. Ma quello che Blaise aveva cercato di dirle, e che lei non aveva capito fino a quel momento, era che aveva bisogno dei suoi soldi per salvare la vita di Olivia.

A volte Elsie era sicura di poter stabilire grossomodo il momento in cui Olivia e Blaise avevano cominciato a vedersi a sua insaputa. Olivia aveva iniziato a fare coppia fissa con altre assistenti nelle case di riposo e, quando Elsie le chiedeva di uscire con lei e Blaise come al solito, declinava.

La sera in cui Blaise aveva lasciato definitivamente il loro appartamento, Olivia era sotto la finestra al primo piano della casa di Elsie, seduta sul sedile del passeggero del pick-up rosso quattro porte che Blaise usava spesso per trasportare le casse e gli strumenti ai concerti. Il pick-up era parcheggiato sotto un lampione e, per quasi tutto il tempo in cui Elsie era rimasta a guardare da uno spiraglio tra gli avvolgibili abbassati della camera, il viso ovale di Olivia era stato inondato da una luce intensa. A un certo punto Olivia era scesa dall'auto, era scomparsa dietro di essa, ed Elsie aveva immaginato che si fosse acquattata al buio per fare pipì prima di tornare a occupare quello che durante le loro uscite Elsie chiamava sempre "il posto della moglie", quando lei sedeva davanti e l'amica dietro. Solo quando il pick-up, carico della roba di Blaise, si era messo in moto, Olivia si era voltata verso la finestra dell'appartamento, mentre Elsie sprofondava nell'oscurità.

Seduta per terra nell'appartamento quasi vuoto a osservare la polvere nascosta da alcuni degli oggetti dell'ex marito, vicino alla porta Elsie aveva notato il biglietto di San Valentino che aveva regalato a Blaise l'anno prima. Doveva essergli caduto mentre usciva. Il biglietto era bianco, quadrato e ricoperto di cuoricini rossi. Sulla copertina erano stampate le parole "Il miglior marito del mondo", sia in corsivo sia in stampatello. All'interno Elsie aveva scritto semplicemente: "*Je t'aime*". Lo aveva lasciato sul cuscino di Blaise il mattino di San Valentino mentre lui era ancora addormentato. Quel giorno Elsie doveva fare doppio turno e lui era stato scritturato come solista per una festa privata. Non si erano rivisti prima dell'indomani, quando Blaise non aveva fatto parola del biglietto. La sera in cui Blaise se n'era andato, Elsie si era alzata da sotto la finestra, aveva raccolto il biglietto e se lo era schiacciato al petto. Si era resa conto allora che doveva lasciare quell'appartamento. Non poteva più restare.

Mentre era in fila alla banca di North Miami, Elsie frugò nella borsa e sfiorò nervosamente il biglietto che portava con sé dal giorno in cui Blaise se n'era andato. La cassiera, una giovane donna dall'accento barbadoregno, le chiese se era insoddisfatta del servizio e se voleva parlare con il direttore. Elsie rispose che aveva urgentemente bisogno dei soldi.

«Le andrebbe bene un assegno?» domandò la giovane.

«Li vorrei in contanti» rispose.

Quando consegnò la busta gonfia al vecchio haitiano dietro lo sportello dell'agenzia di trasferimento di denaro all'esterno, Elsie era un bagno di sudore.

«Questi soldi sono destinati a Haiti, giusto?» chiese il vecchio. «Costruisce qualcosa?»

I soldi erano destinati, sperava Elsie, a salvare la vita di Olivia. Blaise le aveva detto di spedirli anziché portarglieli di persona, perché era in giro per tutta Miami a cercare di raccogliere altri prestiti.

Elsie aveva chiesto la mattina libera per ritirare e inviare i soldi e, al suo ritorno, trovò Gaspard sul pavimento, accanto al letto. Era caduto mentre tentava di prendere un bicchiere d'acqua dal comodino. Mona era già al suo fianco, il sedere puntato verso l'alto, il viso premuto contro quello del padre.

Elsie si precipitò da loro e, insieme, le due donne issarono Gaspard prendendolo da sotto le ascelle e lo adagiarono sul bordo del letto.

Avevano tutti il fiatone, Elsie e Mona per lo sforzo di aver sollevato il corpo di Gaspard, e lui per essere stato spostato. L'affanno di Gaspard presto si tramutò in uno sghignazzo sonoro.

«Si cade molte volte prima di cadere stecchiti» commentò.

«Meno male che c'era il tappeto buono» disse Mona con un sorriso.

Poi, adombrandosi di nuovo, aggiunse: «Come faccio a lasciarti in questo stato, *papa*?».

«Puoi e devi» rispose lui. «Hai la tua vita, e io ho quel che resta della mia. Non voglio che tu abbia rimorsi.»

«Hai bisogno del mio rene» proseguì lei. «Perché non vuoi accettarlo?»

Mona prese dell'acqua dal comodino. Reggendo il fondo del bicchiere mandò giù qualche sorso, poi rimase a guardare il padre che posava lentamente la testa sul cuscino. Per poco Mona non si infilzò il labbro con i denti per impedirsi di tremare.

«So che hai problemi in famiglia» disse poi la giovane sforzandosi di non alzare la voce mentre si rivolgeva a Elsie. «E so che ti abbiamo dato il permesso di risolvere la situazione, ma resta il fatto che mio padre è caduto dal letto mentre tu non c'eri. Credo che *papa* abbia ragione. Chiamo l'agenzia e faccio mandare qualcun altro.»

Gaspard affondò la testa nel cuscino. Non protestò. Elsie voleva supplicarli di non mandarla via. A lei Gaspard stava simpatico e voleva risparmiargli il disturbo di dover istruire una persona nuova. Inoltre, ora più che mai aveva bisogno di lavorare. Ma se volevano che se ne andasse, avrebbe obbedito. Sperava solo che quel licenziamento non le costasse altri incarichi.

«D'accordo» disse con serenità. «Capisco. Penso io a tutto finché non arriva qualcun altro.»

Una sera, dopo che Elsie e Olivia avevano sentito Blaise suonare come rimpiazzo dell'ultimo minuto in un festival all'aperto a Bayfront Park, nel centro di Miami, stavano camminando verso il parcheggio quando Olivia aveva annunciato che voleva trovare un uomo disposto a tornare a Haiti con lei.

«Devi anche amarlo o ti accontenteresti di uno a caso?» le aveva domandato Elsie.

Con la voce impastata dalla birra bevuta quel pomeriggio, Olivia aveva risposto: «Mi basta che abbia i soldi».

«Cara, si può forse vivere senza amore?» aveva chiesto Blaise con un tono sentimentale di cui Elsie non lo credeva capace, se non quando era sul palco e abbordava le donne del pubblico con i suoi ammiccamenti («Sembri una piña colada, tesoro. Posso avere un sorso?»). Frasi sdolcinate, innocue e spesso dall'effetto comico a cui Elsie era abituata e che a volte la facevano persino ridere.

«Oh, posso tranquillamente fare a meno dell'amore,» aveva replicato Olivia «ma non dei soldi. E non posso più stare senza la mia madrepatria. Sono stanca di vivere qui. Questo paese ti porta a fare cose brutte.»

Elsie intuì che Olivia stava ancora pensando a uno dei lavori di assistenza a domicilio presso un paziente ottantenne il cui figlio, un bianco di mezz'età e responsabile prestiti di una banca, aveva in presenza di entrambe, al momento del cambio di turno, rivoltato il padre su un fianco e lo aveva colpito ripetutamente sul sedere grinzoso.

«Vediamo se *a te* piace» aveva detto.

Olivia aveva telefonato alla responsabile dell'agenzia con il suo cellulare e quasi aveva stentato a trovare le parole per descrivere la scena a cui aveva appena assistito. Dopo il concerto, per distrarre Olivia dal pensiero dei pazienti maltrattati, e forse per distrarsi l'un l'altra dall'idea di perdere l'amica, i tre erano tornati all'appartamento di Elsie e Blaise e si erano scolati una bottiglia di rum Barbancourt cinque stelle. A un certo punto, alle prime ore dell'alba, senza la richiesta né l'indicazione di nessuno, si erano ritrovati insieme nel letto a scambiarsi parole sommesse, lunghi baci e carezze, di cui non erano interessati a scoprire chi fosse l'autore. Cos'erano, esattamente? Un trio? Un ménage à trois? No. *Dosas*. Erano *dosas*. Tre figli nati dopo una coppia di gemelli, da soli, ma soli insieme.

Quando l'indomani a mezzogiorno si erano svegliati, Olivia se n'era andata.

Blaise ritelefonò presto la mattina successiva. Elsie era ancora a letto, ma era pronta ad abbandonare definitivamente Gaspard. L'uomo e la figlia dormivano e, tranne per il ronzio del compressore di ossigeno, la casa era silenziosa.

«Non avrei dovuto lasciarla andare» sussurrò Blaise prima che Elsie riuscisse a dire "pronto".

Quando Blaise era ancora nella band, a volte stava interi giorni senza dormire per fare le prove. Quando arrivava il giorno del concerto, era così schizzato che la sua voce risuonava robotica e meccanica, come svuotata di ogni emozione. Così era la sua voce anche in quel momento, ed Elsie dovette sforzarsi per non perdere il filo.

«Non andavamo più d'accordo» mormorò lui, in rapida successione. «Stavamo per rompere. Ecco perché ha fatto le valigie e se n'è andata. Ed ecco perché sono...»

La luce nel corridoio si accese. Elsie udì uno scalpiccio di piedi. Un'ombra si avvicinò sul parquet di quercia. Mona aprì lentamente la porta e fece capolino, stropicciandosi gli occhi con i pugni per svegliarsi.

«Va tutto bene?» chiese a Elsie, che annuì.

«Vorrei averla supplicata di non partire» stava dicendo Blaise.

Mona richiuse la porta e proseguì verso la camera del padre in fondo al corridoio.

«Cos'è successo?» domandò Elsie. «Hai mandato i soldi, vero? L'hanno lasciata andare?»

Si sentì uno scricchiolio sulla linea seguito da alcuni colpi sordi. Blaise stava forse pestando i piedi? O battendo la testa contro il muro? Si stava colpendo in fronte con il cellulare?

«Dov'è Olivia?» Elsie cercò di tenere a freno la voce.

«Abbiamo litigato» riprese lui. «Altrimenti non sarebbe partita.»

Mona aprì la porta e di nuovo fece capolino all'interno.

«Elsie, mio padre vuole vederti quando hai finito» sussurrò prima di allontanarsi.

«Scusa, devo andare» disse Elsie a Blaise. «Il paziente ha bisogno di me. Ma prima dimmi che sta bene.»

Non voleva sentire quello che Blaise stava per dirle, ma non poteva nemmeno riagganciare.

«Abbiamo pagato il riscatto» spiegò lui affrettandosi a far uscire le parole. «Ma non l'hanno lasciata andare. È morta.»

Elsie andò verso il letto e si sedette. Inspirando profondamente, allontanò il telefono dal viso e se lo posò sulle ginocchia.

«Ci sei?» Blaise ora stava gridando. «Mi senti?»

«Dove l'hanno trovata?» Elsie si accostò il cellulare all'orecchio.

«L'hanno scaricata davanti a casa di sua madre» rispose lui con tranquillità. «Nel cuore della notte.»

Elsie si sfiorò le guance con la punta delle dita dove, la notte in cui erano finiti a letto tutti e tre insieme, Blaise l'aveva baciata per l'ultima volta. Quella notte era stato difficile per Elsie distinguere le mani di Olivia da quelle di Blaise sul suo corpo nudo. Nei fumi dell'alcol quella situazione sembrava perfettamente normale, come se avessero avuto troppo bisogno l'uno dell'altra per trattenersi. Le lacrime la colsero alla sprovvista. Abbassò la testa e affondò gli occhi nella piega del gomito.

«Ma c'è dell'altro. Non ci crederai mai» disse poi Blaise in un singulto convulso di parole.

«Cosa?» chiese Elsie desiderando, non per la prima volta da quando lui e Olivia avevano smesso di parlare con lei, di essere di nuovo ubriaca e a letto con loro.

«La madre mi ha raccontato che prima di uscire di casa quel mattino Olivia si era scritta il nome sotto i piedi.»

Elsie immaginava Olivia, i capelli scarmigliati come quella notte passata insieme, e ancora scarmigliati mentre tirava i piedi verso di sé e si scriveva il nome sulle piante. Probabilmente Olivia aveva presagito il sequestro e usato quell'accorgimento per essere identificata, nel caso in cui l'avessero decapitata.

«Non l'hanno fatto, vero?» domandò Elsie.

«No» rispose Blaise. «La madre dice che il viso, *tutto il corpo*, erano intatti.»

Mise l'accento su quelle parole, "tutto il corpo", si accorse Elsie, perché voleva farle capire che Olivia non era stata stuprata. Elsie si domandò come facesse a saperlo, ma non si azzardò a chiederlo. Invece trasse un sospiro di sollievo così udibile che Blaise subito la imitò.

«La madre intende seppellirla nel mausoleo di famiglia, nel loro villaggio, a nord» aggiunse lui.

«Tu ci andrai?» domandò Elsie.

«Certo» rispose Blaise. «Ti va di...»

Elsie non lo lasciò terminare. Ovviamente no, non sarebbe andata. Anche se avesse voluto, non poteva permettersi di comprare il biglietto aereo. Aveva già prenotato un volo per Les Cayes di lì a pochi mesi per andare a fare visita alla famiglia, e non solo doveva portare loro dei soldi, ma anche spedire tutti gli oggetti che le avevano chiesto, compreso un piccolo frigorifero per i genitori e un computer portatile per suo fratello.

Proprio allora il suono si interruppe.

«Mi chiamano da Haiti» annunciò lui. «Devo salutarti.»

Blaise chiuse la conversazione con la stessa repentinità con cui era rientrato nella sua vita.

«Elsie, stai bene?» Gaspard era in piedi sulla soglia. Stava respirando affannosamente mentre allargava le braccia per reggersi agli stipiti della porta. La figlia era alle sue spalle con la bombola d'ossigeno portatile.

Elsie non sapeva da quanto tempo fossero lì, ma qualsiasi rumore avesse inconsapevolmente prodotto, qualsiasi piagnucolio, brontolio o gemito le fosse sfuggito, li aveva condotti fin lì. Si mosse verso di loro, stringendosi la cintura della vestaglia di spugna intorno alla vita. Brontolando, Gaspard gettò lo sguardo alle spalle di Elsie per perlustrare la piccola camera, soffermandosi sul semplice letto a doghe e il cassettone coordinato.

«Elsie, mia figlia ti ha sentito piangere.» Le labbra esangui di Gaspard tremavano come se avesse freddo, eppure sembrava più preoccupato per lei che per se stesso quando le chiese: «Tua sorella sta bene?».

Il corpo di Gaspard ondeggiò verso la figlia. Mona lo sostenne, reggendolo con una mano e tenendo la bombola d'ossigeno in equilibrio con l'altra. Elsie accorse da loro, afferrò il paziente e disse: «La prego di riconsiderare la sua decisione di licenziarmi, *mesye* Gaspard. Non riceverò altre telefonate».

Aveva ragione. Blaise non la chiamò più.

Alcuni giorni dopo, una volta che Gaspard ebbe ceduto alle suppliche della figlia e accettato il rene, Elsie ricevette un fine settimana di ferie e, non avendo nient'altro da fare, prese l'autobus per passare il sabato sera al Dédé, nella speranza di incontrare Blaise, che doveva essere ormai tornato dal funerale di Olivia a Haiti.

Era ancora tardo pomeriggio perciò il locale era quasi vuoto, a eccezione di qualche studente della zona a cui Dédé vendeva alcolici senza carta d'identità. Dédé era dietro il bancone. Elsie sedeva davanti a lui mentre una cameriera gli sbraitava gli ordini.

«Come te la passi?» le domandò Dédé dopo che la cameriera si fu allontanata con i cocktail.

«Mi ammazzo di lavoro» rispose Elsie «per tirare avanti.»

«Ti occupi sempre dei vecchietti?» le chiese.

«Non sono sempre vecchi» lo corresse lei. «A volte sono giovani che hanno avuto un brutto incidente o sono malati di cancro.»

Alla fine arrivarono a parlare di Blaise.

Il matrimonio era stata un'idea sua. Dopo una cerimonia di tre minuti scarsi al municipio, con Dédé e l'amica di Elsie, la direttrice dell'agenzia, come testimoni, Dédé aveva organizzato un pranzo nel suo locale.

«Avresti dovuto sposare me.» Dédé allungò una mano e giocosamente le sfiorò una spalla. Non si era mai sposato e, stando a Blaise, non aveva la minima intenzione di farlo.

«A quel che mi risulta, non me lo hai mai chiesto, né allora né adesso» ribatté Elsie.

«E se ti chiedessi qualcos'altro?» Le accarezzò la clavicola fino al primo bottone della camicetta e tenne lì la mano per alcuni secondi. Nel suo sguardo insistente si celava una qualche offerta di sollievo o di compagnia camuffata da amore.

Ancorché patetico, Elsie pensò di aver amato Blaise soprattutto quando era sul palco. Era stata sedotta da qualcosa in cui non riteneva nemmeno che fosse bravo. La devozione di Blaise per la propria mediocrità le aveva sciolto il cuore.

Anche il guardare le altre donne struggersi per il suo fisico snello e flessuoso, per non parlare delle sue occhiate ammiccanti verso i volti femminili del pubblico mentre cantava, la eccitava. Invidiava la capacità di quelle donne di fantasticare su Blaise, magari di immaginare che la vita accanto a lui fosse una festa senza fine. Ma di tanto in tanto andava oltre, in occasioni ordinarie, come quando lo guardava cucinare un'omelette ripiena di aringa affumicata che poi consumavano al tavolo della colazione, come ogni altro pasto. Era soprattutto in quei momenti che parlavano della possibilità di avere un figlio. Blaise l'aveva facilmente convinta a prendere un appartamento insieme e a sposarsi, perché allora non un bambino? Elsie pensava, però, che il momento opportuno per avere un figlio fosse dopo aver comprato una casa insieme, per piccola che fosse.

«Hai avuto sue notizie?» le chiese Dédé. Lentamente lasciò andare il laccetto del reggiseno e ritrasse la mano.

«No, è da un po' che non lo sento» rispose lei.

«Ho sentito dire che è tornato definitivamente a Haiti» disse Dédé facendole l'occhiolino dopo aver digerito il rifiuto. Tirò fuori qualche bicchiere da sotto il bancone e si mise a lucidarlo con un piccolo asciugamano bianco. Forse lo fece per ripicca, ma mentre posava un bicchiere e ne prendeva un altro, aggiunse: «Vive a Haiti con i soldi della vecchia band e tutti i quattrini che lui e la tua amica Olivia hanno racimolato organizzando un finto rapimento. Ho messo delle persone sulle loro tracce, sai? Se mai dovessero vederli...».

Se fosse successo a qualcun altro, Elsie si sarebbe chiesta come mai quella persona non fosse svenuta per lo sconcerto. Nemmeno lei, però, perse i sensi. Invece fu come se un brandello di dubbio che la assillava da tempo, una punta di sospetto, che in parte l'aveva condotta fin lì, finalmente avesse trovato conferma.

«Allora è viva?» gli domandò.

«Oh, Blaise ti aveva detto che era morta?» disse Dédé abbassando il bicchiere.

«Non è morta?» ripeté lei per sicurezza.

«Si sono scambiati i ruoli, immagino. Lei ha telefonato a me per dirmi che lui era stato rapito, ma non che era morto.»

«Perché non mi hai chiamato?» domandò Elsie.

«E perché *tu* non hai chiamato me?» le fece eco Dédé.

Elsie avrebbe voluto mettersi a ridere, invece si affannò per trovare altre parole. Blaise e Olivia li conoscevano meglio di quanto conoscessero loro stessi. Eppure, come aveva potuto lasciarsi ingannare, truffare, con tanta facilità? Come aveva potuto essere tanto ingenua, tanto stupida? Forse c'entrava qualcosa con l'aggravarsi della malattia di Gaspard e la presenza della figlia. La distrazione l'aveva portata a fidarsi di qualcuno che un tempo credeva di amare. Blaise e Olivia dovevano essersi preparati, o esercitati, per intere settimane per portarle via il più possibile, per derubarla dei soldi e della dignità. Dovevano essere stati così convincenti da fugare ogni dubbio. Dopotutto, avevano ingannato anche Dédé.

«Immagino che siamo due *Boukis*» decretò lei. «Due imbecilli.»

«Due coglioni, due idioti» aggiunse lui lucidando l'interno dei bicchieri con maggior lena. «Avrei capito se fossero morti di fame e non avessero avuto possibilità di guadagnarsi da vivere in un altro modo, ma si sono dati al crimine per tornare a Haiti e fare la bella vita.»

«Non è giusto» commentò Elsie, anche se niente più le pareva giusto.

Furono interrotti dalle ordinazioni di una delle cameriere. Dédé lavorò in silenzio per preparare i cocktail poi, quando ebbe finito, disse: «Te lo garantisco. Non si godranno i soldi che hanno rubato a me».

«Che intenzioni hai?» Elsie colse il tono supplice nella

propria voce e se ne vergognò, perché le parve di chiedere un'esecuzione capitale.

«Anche tu dovresti fare qualcosa» aggiunse lui. «Se non altro io non ero sposato con nessuno dei due.»

«Avresti potuto sposare lei» lo canzonò Elsie.

«Evidentemente non ero il suo tipo. Non ero alla sua altezza. Invece tuo marito sì.»

Elsie si stava appunto chiedendo perché Blaise l'avesse sposata. C'erano altre donne molto più ricche. Forse Blaise sperava che Elsie commettesse un crimine, che rubasse i risparmi di uno dei pazienti più benestanti per lui. Era contenta che la figlia di Gaspard fosse stata a casa quella settimana, altrimenti Blaise avrebbe potuto convincerla a derubarlo.

«Tu cosa faresti se andassi a Haiti e li trovassi?» gli domandò lei, riflettendo sull'ipotesi di farlo personalmente.

«Prima gli darei la possibilità di restituirmi il denaro.» Dédé afferrò una bottiglia di rum bianco dal bancone a specchio alle sue spalle e spinse uno dei bicchieri puliti verso di lei. Lì per lì Elsie rifiutò l'offerta, agitando la mano, poi però si rese conto che voleva continuare a parlare. Voleva continuare a parlare di Olivia e Blaise, e Dédé era l'unica persona con cui ormai poteva farlo.

«A lei cosa faresti?» le domandò lui.

«Le raserei la testa» rispose Elsie. «Le raserei quella testa di capelli ingelatinati.»

«Tutto qua?»

Dopo aver bevuto un sorso di rum, Elsie aggiunse: «Il mio lavoro è aiutare le persone, ma quanto a quei due, gli spaccherei il cranio con una pietra fino a ridurlo in poltiglia, liquido come il rum che ho in mano».

«*Wouy!* Mi pare un po' esagerato» esclamò lui versandosi un bicchierino. «Non arrabbiarti mai con me. D'accordo?»

«E tu, cosa gli faresti?» gli domandò Elsie.

«Quello che fanno ai terroristi. Quella cosa con l'acqua che ho visto l'altra sera in un film alla televisione. Gli infilerei la testa in un sacco e gli verserei l'acqua nel naso per dargli l'impressione di annegare. E non lo farei solo a loro. Lo farei a tutti quelli che rubano a gente come noi...»

«A noi ingenui, a noi *Boukis*.»

«Come ho già detto, avrei capito se lui fosse stato al verde o se lei fosse morta di fame» precisò Dédé.

«Più soldi uno ha, più vorrebbe averne» commentò Elsie prendendo le distanze da Blaise e Olivia per abbracciare una discussione di più ampio respiro su giustizia e impunità.

«La tua vendetta sarebbe meglio della mia» disse poi Dédé tornando di nuovo a concentrarsi su Olivia e Blaise. «Quei due soffrirebbero molto di più nelle tue mani.»

Non era la prima volta che Dédé veniva truffato. Una volta, una donna apparentemente incinta era entrata nel locale in pieno pomeriggio. Aveva finto di avere le doglie e, mentre Dédé cercava il cellulare per chiamare l'ambulanza, lei aveva estratto una pistola e lo aveva costretto a svuotare il registratore di cassa. Stava appunto parlando di quella rapina, dicendo che preferiva trovarsi faccia a faccia con un rapinatore anziché essere derubato alle spalle.

«Questa volta non finirà allo stesso modo» disse Dédé, la voce che aumentava di volume e di intensità. «Stavolta non sporgerò denuncia alla polizia per poi metterci una pietra sopra. E comunque, quale polizia? Quella haitiana, forse?»

Elsie stava pensando di andare alla prima stazione di polizia e denunciarli, nel caso Blaise e Olivia avessero mai deciso di tornare a Miami, ma sapeva che non sarebbe servito a niente. Blaise non le aveva puntato una pistola alla testa. Era stata lei a dargli i soldi di buon grado. Eppure, lui non aveva nemmeno avuto le palle di prenderli direttamente dalle sue mani. Aveva insistito perché glieli spedisse.

«Li farò acciuffare» diceva Dédé «per te, per me, e per

tutte le vittime del loro raggiro. Dovesse essere l'ultima cosa che faccio. Stavolta non intendo lasciar perdere, e nemmeno tu dovresti.»

Ciò avrebbe significato odiarli per tutta la vita e sognare ogni giorno un modo diverso per fargliela pagare. Non era questo che voleva Elsie. Preferiva guardare avanti, anche se non sapeva bene cosa aspettarsi. Era contenta che Gaspard fosse ancora vivo, che non fosse più la persona che aveva assistito nei suoi ultimi giorni di vita. Elsie voleva continuare a muoversi, a lavorare. Vivi o morti che fossero, Blaise e Olivia non avrebbero più fatto parte della sua vita.

I dettagli. Erano stati bravissimi con i dettagli. Di chi era stata l'idea, per esempio, di dirle che Olivia si era scritta il nome sotto la pianta dei piedi? Avrebbero potuto dirle che Olivia si era disegnata una croce per indicare che voleva una sepoltura cristiana. L'ultima telefonata, si rese conto, era stata per sincerarsi che non sarebbe andata al presunto funerale.

Dédé le versò un altro bicchiere di rum. Poi un altro ancora. E anche mentre la notizia che Olivia era ancora viva cominciava a sedimentarsi, Elsie si stupì che il lieve dolore sepolto su cui non si era mai soffermata a riflettere stava ora scemando, che la pena latente nel suo cuore si stava tramutando in sollievo. Avrebbe voluto respingere quel sollievo. Non voleva accogliere, abbracciare il conforto a cui sentiva di aver ceduto nell'apprendere che una persona che credeva morta era in realtà viva, come se Olivia fosse risorta dopo settimane dalla sepoltura.

Le lacrime le rigavano il viso, lacrime che non riusciva a fermare. Non voleva che fossero lacrime di gioia, ma alcune di esse in realtà lo erano. La sua madrepatria ora sembrava più sicura. I genitori e il fratello, con cui adesso parlava con maggior frequenza, non erano più a rischio di rapimenti. Eppure le lacrime continuavano a scendere. Lacrime anche di rabbia. Per essere stata derubata dei soldi che aveva impiegato anni a mettere da parte, e per aver visto volatilizzarsi il sogno di avere una casa tutta sua insieme ai figli che lei e Blaise non avrebbero mai avuto. Si sentiva più sola di quanto fosse stata prima di conoscere Blaise o Olivia, più sola di quando era appena arrivata in quel paese con un'amica soltanto.

Gli occhi di Dédé erano fissi su di lei. Erano più carichi di preoccupazione che di desiderio. Le lacrime divennero singulti, poi gemiti, infine affiorò un nuovo sogno di vendetta. Desiderò di poter annientare il locale di Dédé, di ridurre tutto in cenere. Frugò nella borsa ed estrasse il biglietto di San Valentino che continuava a portare con sé, e lo fece a brandelli. I coriandoli si librarono leggeri come piume quando li gettò in aria, ma quando ricaddero sembrarono pietre e schegge di vetro che si abbattevano sul suo corpo.

«Ti accompagno a casa» si offrì Dédé e, senza nemmeno sapere come, Elsie si ritrovò rannicchiata sul sedile posteriore della sua auto, la stessa vecchia Toyota nera che l'uomo guidava da anni. In qualche modo era riuscito a carpire il suo indirizzo.

«Allora abiti per conto tuo» lo sentì dire.

«Quando non sto a casa di un paziente» precisò Elsie.

Per il resto del tempo parlò con lui nella mente, ma dalla sua bocca, piena di vomito, non uscì nessuna parola. Sì, abitava per conto suo, in un monolocale di North Miami, sul retro della casa principale di una coppia di anziani giamaicani. Spesso i due le lasciavano biglietti per invitarla a cena, ma lei lavorava sempre, e raramente era in casa. Aveva il presentimento che la coppia si dimostrasse cordiale perché provava compassione per lei, dato che non aveva nessuno. Elsie rifiutava la loro offerta di amicizia. Non voleva farsi altri amici.

Quando raggiunsero la destinazione, Elsie consegnò le

chiavi a Dédé che, sostenendola con una mano, cercò di aprire la porticina di metallo del monolocale. Incollato alla porta c'era un adesivo delle dimensioni di una targa a forma di cartello stradale con al centro la sagoma scura di un uomo con un bersaglio sul petto. Sopra il profilo della testa e del busto stavano le parole NON VALE LA PENA MORIRE PER TUTTO QUELLO CHE HAI DENTRO. Dall'altro lato della porta c'era lo stesso adesivo, con la parola NON cancellata a mano in modo da formare la frase VALE LA PENA MORIRE PER TUTTO QUELLO CHE HAI DENTRO. Accanto c'era un terzo adesivo in bianco e nero che diceva TU RUBI A ME, IO SPARO A TE.

Elsie aveva trovato gli adesivi quando si era trasferita. Prima di lei, il monolocale era stato affittato a un giovane uomo che con il passare del tempo era diventato sempre più inquieto, finché la coppia non gli aveva chiesto di andarsene. O meglio, era questo che i due anziani le avevano raccontato. Avevano intenzione di togliere gli adesivi e far rimbiancare la stanza, ma Elsie aveva urgente bisogno di trasferirsi e aveva detto ai proprietari di lasciare tutto com'era. E poi le parole sulla porta avrebbero potuto scoraggiare i malintenzionati, aveva pensato.

Ora gli adesivi sembravano proclamare una verità più profonda. D'un tratto quella stanza per lei era tutto. Tutto il suo mondo.

«Non morirò qua dentro, vero?» le chiese Dédé. «Non è che qualcuno mi aspetta all'interno con un *fizi* spianato, eh?»

Elsie cercò di liquidare quelle preoccupazioni sollevando le mani, ma non riuscì a coordinare bene il movimento. Dédé aprì la porta ed entrò comunque. La sorreggeva ancora quando Elsie si precipitò in bagno barcollando per svuotare bocca e stomaco nel gabinetto. Quando Dédé la trasportò sul letto matrimoniale dirimpetto alla porta, a Elsie parve di volare, ma non fu una sensazione piacevole, quanto piuttosto l'impressione di precipitare nel vuoto con la paura di schiantarsi al suolo.

Distesa sul fianco, nel suo letto, scivolò fuori e dentro da una nebbia in cui l'aspettavano Olivia e Blaise, così come avevano aspettato la notte in cui avevano dormito tutti e tre insieme. Quella notte Elsie aveva compiuto gesti e detto cose che non ricordava più nel dettaglio. Era stata lei a dare loro il permesso di stare insieme? Forse era per quella ragione che l'avevano abbandonata.

Affondò le dita nelle lenzuola e cercò di aprire gli occhi per ricacciare indietro quell'immagine nebulosa di tutti e tre, ma soprattutto quella di se stessa che li invitava ad andarsene e stare insieme, perché ovviamente era ciò che volevano. Era diventata lei la figlia in più.

Sentì che qualcuno le posava uno straccio umido sulla fronte. Dédé le aveva preparato un impacco freddo e bisbigliava parole di conforto nell'aria sopra la sua testa. Elsie non riuscì a discernere gran parte di ciò che diceva, ma dopo una lunga pausa di silenzio lui le disse: «Sei a casa».

Elsie annuì.

«Sì, sono a casa» farfugliò.

«Vuoi che rimanga?» le domandò Dédé.

Chiedergli di restare l'avrebbe aiutata a calmarsi, anche se fosse rimasto seduto sul pavimento a guardarla dormire. Ma l'indomani mattina Elsie si sarebbe svegliata comunque oppressa dal pensiero della perdita.

«Va' pure» gli disse sentendosi finalmente fiduciosa nella propria facoltà di parola.

«Sicura?» insisté Dédé accarezzandole le guance. Le sue dita umide le tracciarono un ruscello tiepido nella pelle, un ruscello che risucchiava tutti i liquidi del suo corpo.

«Vorrei averti incontrata prima» le disse ancora disegnando un cerchio sempre più ampio sul suo viso. «Vorrei averti vista prima. Conosciuta prima. Amata prima.»

«Sembra il testo di una delle stupide canzoni di Blaise.» Elsie si mangiava le parole, senza sapere se lui le avrebbe trovate divertenti o offensive.

«Quelle canzoni erano *davvero* stupide» ridacchiò Dédé portandosi la mano alla bocca per trattenere una risata più profonda. «Quell'uomo faceva scempio di un illustre genere musicale, e non se ne rendeva nemmeno conto. O forse non gli importava.»

«Perché continuavi a sopportarlo?» gli domandò Elsie.

«E tu, perché?» ribatté lui.

«Aveva il suo fascino» rispose Elsie. Ed era vero. Uno dei pregi di Blaise era la voglia di chiacchierare prima del sesso. I preliminari per lui si riducevano al parlare. Le chiedeva di raccontargli com'era andata la giornata. Voleva sapere dei suoi genitori, del rapporto difficile che Elsie aveva con loro, dei suoi pensieri, dei suoi sogni, come se questo lo aiutasse a sondare o reinventare la persona con cui stava per fare l'amore.

«Lo sopportavo perché era mio amico» ammise Dédé. «Per me era come un fratello.»

«Allora gli vuoi ancora bene?» gli domandò lei.

«Solo quelli a cui vuoi bene possono ferirti come ha fatto lui con noi» rispose lui accarezzandosi la barba ormai fin troppo folta. Anche il ciuffo brizzolato si era infoltito.

«Quelli che ami» lo corresse lei.

Elsie non si era resa conto di avere ancora tutte quelle parole dentro di sé, e men che meno da dire a Dédé. Era proprio lui a evocarle. Le metteva voglia di parlare.

«Perché lo aiutavi sempre?» lo incalzò Elsie.

«Abbiamo la stessa età» disse lui. «I nostri padri lavoravano insieme come meccanici a Limbé. Sapevo che Blaise non voleva fare quella vita. E ora, a quanto pare, non vuole nemmeno più fare il musicista.»

«Non voleva nemmeno la mia, di vita» aggiunse Elsie.

«All'inizio sì» disse Dédé. «Ma poi è arrivata Olivia.»

Ma non poteva essere stata solo colpa di Olivia. Forse era stata Elsie a non bastargli. O il contrario. Forse Blaise voleva solo tornare a casa. Alcuni ambiscono solo a quello, costi quel che costi. Alcuni sono disposti a tutto pur di tornare.

«Vuoi sapere un segreto?» le disse Dédé.

«Ne conosco già troppi» replicò Elsie.

«Uno piccolo piccolo» insisté lui.

Piccolo o grande che fosse, Elsie non voleva saperlo, tuttavia non gli impedì di parlare.

«La sera in cui vi siete conosciuti, anch'io volevo parlare con te, ma mi vergognavo» confessò Dédé, ed emise una risatina nervosa. «Alle donne piacciono i musicisti. Sono più divertenti.»

«Più arroganti, vuoi dire.»

«Blaise mi ha battuto sul tempo e io l'ho lasciato fare» proseguì lui. «Non me lo sono mai perdonato.»

Elsie provò a figurarsi una diversa piega degli eventi, di essere stata risparmiata dall'umiliazione di perdere il marito e tutti i suoi soldi, di non aver sprecato tanti anni della sua vita accanto a Blaise. Ma non riusciva neppure a immaginare che un rapporto con Dédé avrebbe funzionato. Ciononostante si scoprì a dire: «A volte si fanno delle deviazioni per giungere alla meta».

Dédé aggrottò la fronte senza capire. Elsie avrebbe voluto spiegarsi, ma non sapeva come farlo. Pensava a una cosa che una volta aveva sentito dire Gaspard alla figlia, riguardo al matrimonio naufragato tra lui e sua madre.

Ci sono matrimoni felici, aveva detto Gaspard a Mona, in cui le persone si amano moltissimo e sembrano grandi amici, ma il padre le aveva assicurato che quello non era l'unico matrimonio possibile. Ci sono anche unioni completamente prive di sentimento, e talvolta quelle unioni durano per anni, per una vita intera, fino alla morte di uno dei coniugi. Ma a volte i matrimoni, felici o infelici che siano, finiscono lo stesso e uno coglie l'occasione per dare una svolta alla propria vita. E certi matrimoni, con il senno di poi, sono semplici deviazioni, talvolta meravigliose, che uno fa per arrivare alla vera destinazione.

Elsie capì in quel momento che Gaspard avrebbe potuto dire alla figlia che a un certo punto sua madre aveva smesso di amarlo e che era giunta a considerare la loro vita insieme come una deviazione.

«Ehi» esclamò Dédé interrompendo il flusso dei suoi pensieri. «Dormi?»

«Sono qui» rispose Elsie.

«Non ne ero sicuro» replicò lui. «Posso raccontarti un'altra cosa?»

«Fa' pure» disse lei. «Ormai questo è diventato un confessionale.»

«Un pomeriggio, dopo la partita a calcio nel parco, ho visto Blaise sdraiato sull'erba in mezzo a te e Olivia, e non mi sono mai sentito tanto geloso in vita mia. Era chiaro come il sole. Blaise aveva entrambe.»

«Non aveva entrambe» protestò Elsie pensando che non era *sua intenzione* permettergli di avere entrambe.

«Aveva il vostro cuore» precisò lui.

«Non accadrà più» disse Elsie desiderando di poter cancellare Blaise e Olivia dalla mente.

«Magari non con lui,» replicò Dédé «ma finché avrai fiato potrai soffrire.»

«Vattene,» gli disse Elsie «prima che tu ti metta a cantare.»

«Devo andare a chiudere il locale» fece lui. «Ma voglio dirti un'ultima cosa e spero che tu non ti offenda.»

«Cosa?» domandò lei sentendo il suo alito caldo sulle palpebre.

«Non sapevo che il rum lo reggessi così male.»

Dédé scoppiò a ridere, stavolta senza trattenersi. Quella risata impedì a Elsie di schiantarsi al suolo, e al contempo invase la sua mente. Anche lei provò a ridere, ma non fu sicura di riuscirci. Iniziò invece a sbottonarsi la camicetta.

«Di solito non sono così debole» disse Elsie.

«Solo stasera?» gli domandò poi.

«Solo stasera» rispose lui.

Ai vecchi tempi

La telefonata giunse un venerdì sera mentre ero stesa sul letto a correggere gli elaborati dei miei studenti.

«Mio marito sta morendo» disse la donna singhiozzando all'altro capo della linea. «E il suo ultimo desiderio è poter passare qualche minuto con te.»

Dopo essersi sgravata di quelle parole, la donna parlò con voce più salda e immediatamente affrontò le questioni logistiche. «Agire subito è, naturalmente, di fondamentale importanza. Possiamo prenotarti un posto sul primo volo New York-Miami. E una camera nell'albergo di Little Haiti più vicino a noi. La casa è piccola, ma se vuoi alloggiare da noi il posto c'è.»

Il marito della donna era mio padre, ma io non l'avevo mai incontrato. Conoscevo solo una versione della storia: quella di mia madre.

Mio padre era partito da Brooklyn per tornare a Haiti durante quello che lui considerava un periodo promettente per il paese. La dittatura trentennale di padre e figlio era giunta al termine e mio padre voleva mettere a frutto la laurea conseguita in America per aprire una scuola per i bambini poveri di Port-au-Prince. Mia madre, che si era trasferita negli Stati Uniti da sola quando aveva ventidue anni, non aveva desiderio di tornare a Haiti. E così mio padre se n'era andato e mia madre era rimasta a Brooklyn. Quando aveva scoperto di essere incinta di me, aveva mandato i documenti di divorzio a mio padre. Da allora non si erano più rivisti.

Mia madre, che tempo fa mi aveva raccontato che mio padre ci aveva abbandonato, di recente mi aveva anche rivelato di non essere riuscita a informarlo della mia esistenza; o almeno finché non aveva saputo che era gravemente ammalato.

«È stato portato con l'aerosoccorso?» chiesi alla moglie di mio padre.

«È arrivato con un normale volo civile da Port-au-Prince» rispose la donna. «Quando siamo arrivati stava abbastanza bene. Verrai, non è vero? Significherebbe molto per entrambi.»

«Non credo di poter mollare tutto e venire subito a Miami» dissi alla moglie di mio padre, anche se mi rendevo conto di parlare come un'adolescente capricciosa. «Ho la scuola.»

«Anche il fine settimana?» incalzò la donna.

«Solo i giorni comandati.»

«Allora studi?»

«Insegno, come lui.»

«Dove insegni?»

«Alle superiori.»

«E cosa insegni?»

«A leggere» risposi. «Inglese, insomma. Ai nuovi arrivati.»

«Inglese agli stranieri?»

«Sì.»

A quel punto era palese che entrambe non vedevamo l'ora di porre fine alla conversazione.

«Vieni a trovarlo, ti prego» chiosò la donna.

«Ci devo pensare» risposi io.

Ma sapevo già che sarei andata.

Non saltai sul primo aereo come chi non ha niente da fare, come chi aspetta una telefonata simile da tutta una vita. Continuai invece a correggere gli elaborati dei miei studenti, non veri e propri temi ma reazioni sparse a un'opera letteraria che avevamo selezionato e letto insieme. Avevo fornito loro un ventaglio limitato di proposte dai testi che la scuola ci offriva – *Il signore delle mosche* di William Golding o *Lo straniero* di Albert Camus – ed essendo stranieri a loro volta, rispetto alla lingua inglese e a Brooklyn, e anche perché era un libro più breve, la maggioranza aveva votato per la traduzione de *Lo straniero*.

"EH?" Questo era l'inizio del commento di un ragazzo. "Non penzo ke sarebbi kosì kalmo se mia madre muorirebbe."

Prima che il telefono suonasse, avevo scribacchiato "AMEN FRATELLO!" a matita rossa sul margine di quel superbo flusso di coscienza scritto a mano a interlinea singola. Ma dopo aver chiuso la conversazione con la moglie di mio padre, vergai una lunga nota di rimprovero per aver semplificato eccessivamente la tematica, e anche per le sgrammaticature. Alla fine gli assegnai un 6-.

«E così si è messa in contatto con te» disse mia madre quando la incontrai al Nadia, il ristorante haitiano che aveva inaugurato un anno dopo la mia nascita e che portava il mio nome. Sedevamo al solito tavolo d'angolo che ci offriva una visuale completa del locale, dall'ingresso per i clienti lungo tutto il bancone, fino alla cucina. Sulla nostra testa campeggiava una delle molte immagini dipinte direttamente sulle pareti. Il disegno sopra il nostro tavolo, quello che contrassegnava il nostro posto, era il più iconico del ristorante. Rappresentava una neonata scura e paffutella che sguazzava in una minestra di zucca che pareva traboccare da una grossa scodella, i cui bordi si sdoppiavano come una cornice a trompe-l'œil.

Il ristorante era pieno perché nel locale accanto, alle nove, si sarebbe esibita una famosa band di musica *rasin* e alcune delle persone che intendevano andare allo spettacolo si erano fermate al Nadia a mangiare. Normalmente mia madre avrebbe corso tra l'esterno e l'ufficio, a tirare fuori carne dal surgelatore e bottiglie dalla cantina. Avrebbe recitato il ruolo della direttrice di sala, della locandiera, della barista o della cameriera, a seconda delle necessità. Ma quando le avevo detto della telefonata, mi aveva scortato al nostro tavolo e mi aveva chiesto di sedermi.

Quel tavolo d'angolo faceva parte della mia vita sin da quando ne avevo memoria. Era lì che sonnecchiavo nel passeggino, che avevo imparato a colorare dentro gli spazi, che facevo i compiti e leggevo decine di libri mentre mia madre lavorava. Era l'unico posto dove lei poteva sorvegliarmi quando era al ristorante, e nel corso degli anni avevo imparato ad amarlo.

Mi piaceva il fatto che al Nadia non ci fosse musica di sottofondo perché mentre sedevo al tavolo origliavo conversazioni che superavano per drammaticità molti dei libri che leggevo. Avevo partecipato, talvolta come invitata, a feste di battesimo, prime comunioni e pranzi di matrimonio, cene di laurea, veglie e rinfreschi funebri. Avevo sentito uomini e donne – e in seguito donne e donne, o uomini e uomini – dichiararsi reciproco amore, magari mentre i vicini di tavolo confessavano di non amarsi più. Avevo sentito genitori raccontare la storia delle api e degli uccellini ai figli, mentre una ragazzina a un altro tavolo rivelava alla madre e al padre che aspettava un bambino, o un ragazzo annunciava ai genitori di aver messo incinta la figlia di qualcun altro. I clienti, e il personale del ristorante, erano l'unica famiglia per me e mia madre.

Eppure continuavo a chiedermi: perché le persone credevano di doversi dare notizie che cambiavano la vita davanti a un piatto? Temporeggiavano forse in attesa del momento giusto, quando l'altro sarebbe stato seduto in un luogo pubblico, con la bocca troppo piena per potersi mettere a urlare? Di tanto in tanto origliavo una donna riferire al marito che il bambino che stavano crescendo insieme non era suo figlio biologico. Sentivo genitori anziani informare i figli, ormai adulti, che non erano beneficiari del testamento, che erano stati diseredati o addirittura ripudiati. Ma non avevo mai sentito nessuno annunciare alla figlia venticinquenne, come aveva fatto mia madre la settimana prima, che il padre che non aveva mai conosciuto, un certo monsieur Maurice Dejean, era in punto di morte.

Mia madre era sempre stata una di poche parole. Spesso parlava come se avesse fretta di andare da qualche parte. Nemmeno gli avventori del ristorante, che si profondevano in lodi o chiedevano informazioni sulle pietanze, riuscivano a trattenerla a chiacchierare per troppo tempo. L'unica attività che svolgeva senza alcuna fretta era la scelta del vestiario. Le piacevano gli abiti aderenti e le scollature profonde, le sottovesti di seta nera e pizzo dall'aria tanto raffinata che a volte le chiedevo in prestito e indossavo senza niente sopra. Portavo una di quelle sottovesti quando era giunta la telefonata e avevo deciso di andare al ristorante vestita in quel modo, anche se la primavera era solo all'inizio e gran parte delle persone portava ancora le maniche lunghe. Mi sentivo sempre bella quando i clienti si complimentavano con mia madre per il suo aspetto, perché un attimo dopo avrebbero detto che ero identica a lei.

Mia madre aveva concluso la conversazione precedente

dicendo: «Un vecchio amico mi ha detto che è molto malato. Gli ho chiesto di passare il tuo numero alla moglie». Ed esattamente, com'era successo? mi domandavo. Quali parole aveva usato? Aveva semplicemente detto all'amico: «Ah, prima che me ne dimentichi, ha una figlia e questo è il suo numero?».

Era abitudine per mia madre ispezionare la sala, i suoi occhi non indugiavano mai troppo a lungo su un dettaglio, ma stavolta fremeva letteralmente per scappare, le unghie laccate affondate nella carne dei gomiti.

«Va' da lui, ti prego» disse mentre salutava con la mano qualcuno che era appena entrato.

Provai a immaginare la me bambina che osservava quel tableau vivant: due donne pressoché identiche sedute con la schiena dritta e incollata a sontuose sedie imbottite che forse entrambe speravano fossero dotate di un interruttore da premere in qualsiasi momento per essere liberate dalla propria pena. O forse era sbagliato da parte mia ironizzare sulla morte quando la persona che avrebbe voluto premere quell'interruttore – se non altro quello di mia madre – aveva davvero un piede nella fossa.

Uno dei camerieri ci servì due birre Prestige con il tovagliolo avvolto intorno al vetro gelido e bagnato di condensa. Dopo che le birre furono posate sul tavolo, mia madre gli fece cenno con la testa di allontanarsi e lasciarci da sole.

«Come ti ho detto una settimana fa,» ricominciò la mamma afferrando una delle bottiglie «ai vecchi tempi, al crollo della dittatura, molti matrimoni qui sono andati a rotoli. C'era una linea netta tra chi voleva restare in America per sempre e chi voleva tornare indietro e, *swa dizan*, ricostruire il paese. Tuo padre era tra quelli che volevano tornare e io tra quelli che volevano restare.»

Posò la birra e affondò il viso tra le mani. Quando rialzò la faccia, mi resi conto che stava piangendo.

«Ha preferito Haiti a me, a noi» proseguì mia madre passandosi le dita nei lunghi capelli ondulati per raggiungere la cute.

«Avrebbe fatto una scelta diversa se avesse saputo di me» avrei voluto gridare, a costo di danneggiare gli affari di mia madre. Ecco perché stavamo parlando nella sala anziché nel suo ufficio. Sapeva che, trovandomi in pubblico, mi sarei trattenuta dall'urlare o dall'alzare la voce.

«A te non interessa rivederlo?» le domandai.

«Non l'ho visto vivere i migliori anni della sua vita» rispose lei lasciando il nostro tavolo. «Non voglio vederlo morire.»

Dopo che mia madre fu scomparsa in cucina, prenotai un volo per il pomeriggio successivo, poi telefonai alla moglie di mio padre per informarla del mio arrivo.

«È una notizia meravigliosa» esclamò. «Vengo a prenderti all'aeroporto di Miami.»

Il pomeriggio successivo la moglie di mio padre non venne a prendermi all'aeroporto.

«Chiama un taxi» tagliò corto al telefono dopo avermi mandato l'indirizzo per messaggio.

Ero stata a Miami già una volta, con un gruppo di compagne durante le vacanze di primavera, al primo anno di università. E l'aria era altrettanto calda e umida. Avevamo pernottato in un albergo di Miami Beach e avevamo trascorso quasi tutta la vacanza sulla spiaggia. Per me Miami era il mare. Ora sarebbe diventata il luogo dove avrei incontrato, in punto di morte, mio padre.

La casa sorgeva nel centro di Little Haiti, su un angolo di strada, tra rugginosi binari in disuso e un lungo filare di querce. Un muro bianco, su cui si apriva un cancelletto laterale, circondava la proprietà. Suonai diverse volte il campanello a lato del cancelletto prima che il cicalino mi indicasse che avevo il permesso di spingere.

Sia il giardino sia la casa erano più piccoli di quanto si evincesse dalle dimensioni del muro. Un vialetto si snodava in mezzo a un folto di palme del viaggiatore fino al portone d'ingresso, dove mi aspettava la moglie di mio padre. Indossava un caffettano viola e, quando alzò le braccia in segno di saluto, la sua mole occupò tutto il vano della porta. A ciascuno dei piedi nudi aveva una cavigliera di cipree e campanellini che tintinnarono quando mi venne incontro. Sollevò gli occhiali e li posò sulla corta acconciatura afro, quindi osservando i miei leggings rosa fucsia, la maglietta abbinata e la borsa strapiena, domandò: «Non hai altri bagagli?».

I campanellini continuarono a tintinnare mentre la seguivo attraverso un atrio buio fin nel salotto. L'arredo era minimale, ridotto a un divano di velluto marrone, un'ottomana coordinata e un mobile porta televisione, senza televisione ma carico di pacchi di pannoloni da adulti.

La moglie di mio padre mi invitò a sedermi sul divano mentre lei si accomodava al capo opposto.

Guardandosi i piedi, la moglie di mio padre disse: «I campanelli? Vuoi sapere dei campanelli? Li porto, così lui può sentirmi, sai, quando sono in casa».

Caffettano, campanelli, capelli afro. Allora era questa la Madre Terra che aveva rimpiazzato la mia, di madre.

«Sono sicura che hai un sacco di domande» disse.

«Posso vederlo?» chiesi.

«Certo,» rispose «ma prima immagino che vorrai parlare con me, per prepararti.»

Si alzò e i campanellini ripresero a suonare. «Qui ci vuole da bere» sentenziò. «Aspettami.»

Scomparve in un corridoio stretto che si addentrava nel resto della casa. Avevo il capogiro. Lo stomaco, vuoto dalla sera prima – tranne per il bicchiere di vino che avevo bevuto sull'aereo –, era annodato dalla fame e dall'angoscia. Lo scampanellio scemò fino a cessare del tutto, poi ricominciò, cessò, ricominciò di nuovo. Non era il genere di suono che avrei voluto sentire tutto il giorno se fossi stata agonizzante, ma era una mia opinione.

Quando tornò, la moglie di mio padre mi porse un bicchiere di limonata fin troppo zuccherata. La tracannai per non dover fare conversazione. Lei mi imitò, versandosi un bicchiere dalla caraffa che aveva posato sul tavolinetto vicino a dov'ero seduta. Mi versai un altro bicchiere anch'io, poi udii un mormorio in lontananza.

«C'è qualcun altro?» chiesi guardandomi intorno.

Immaginai mio padre che si alzava per venirmi a salutare e mi rimproverava per non essermi fatta viva prima.

«Sì» rispose la donna. «I padroni di casa.»

Dopo un po', quando il silenzio si fece insopportabile, volli sapere: «Come vi siete conosciuti?».

«Io e Maurice?»

«Sì, tu e Maurice.» Dissi "Maurice" parlando più forte, nella speranza di costringere mio padre a uscire allo scoperto, ma la mia voce cominciava a suonarmi poco familiare. La donna avvicinò la testa alla mia, socchiudendo le palpebre come se fosse preoccupata per me.

«Io e Maurice ci siamo conosciuti grazie ad amici comuni a Port-au-Prince.» Aveva la voce rotta, e sembrava sul punto di mettersi a piangere.

«Anche tu eri tra quelli che sono tornati?»

«Sono emigrata con i miei genitori quando avevo dieci anni e sono tornata dopo aver lavorato per vent'anni come penalista a Boston» raccontò, poi tacque per riprendere fiato. «Quando la dittatura è finita, sono tornata per vedere se potevo rendermi utile. Lavoravo con un'associazione di avvocati haitiano-americani che cercavano di ricostruire il sistema giudiziario, ma tra le leggi restrittive ereditate dal codice napoleonico e quelle promulgate durante la dittatura, avevamo le mani legate. Il direttore dell'associazione mi ha presentato Maurice la sera della mia festa di addio a Port-au-Prince. Stavo per tornare a Boston, ma lui mi ha convinto a restare e ad aiutarlo a gestire la sua scuola.»

Maurice. Gradualmente mi stavo abituando a quel nome. Maurice, che sapeva convincere le persone a imprimere una nuova rotta alla propria vita. Maurice, con un cognome diverso dal mio.

«Hai figli?» le chiesi.

«Con Maurice?»

Annuii, anche se intendevo con un altro uomo.

«Niente figli,» rispose «ma ho lasciato il mio primo marito a Boston quando mi sono trasferita a Haiti.»

«Quindi non hai figli, che tu sappia» dissi, e subito scoppiai in una risata abbastanza fragorosa da coprire il tintinnio dei suoi campanelli.

«Hai il senso dell'umorismo di tuo padre» commentò. «Purtroppo non potrai appurarlo di persona perché è stato privato di molte delle sue facoltà.»

«Cosa intendi?» domandai. «Può parlare?»

«Puoi parlargli, se vuoi» rispose. «Io non ho mai smesso. Ci parlo sempre.»

Chiuse gli occhi per un istante come per dimostrare come comunicava con lui. Telepaticamente? In sogno?

«Quando è... siete... tornati negli Stati Uniti?» chiesi ancora.

«Alcune settimane fa» rispose. «Poi le sue condizioni sono peggiorate. Per fortuna alcuni amici ci hanno permesso di usare questa casa.»

«Cos'ha di preciso?» indagai.

«A questo punto, non ha importanza» nicchiò. «È irreversibile.»

Durante la nostra cena-confessione della settimana precedente, avevo chiesto alla mamma cosa ricordasse meglio di mio padre.

«La serietà» mi aveva risposto. «Diceva sempre quello che pensava.»

Un Maurice serio. Un Maurice burlone. Ecco chi era mio padre.

«Pensate di aver lasciato un segno laggiù?» chiesi alla moglie di mio padre. «A Haiti, insomma.»

«Intendi dire se ne è valsa la pena lasciarsi tutto alle spalle?» Tacque un secondo per riflettere, trasse un lungo sospiro, infine disse: «C'è ancora tanto lavoro da fare».

«Non desideravate dei figli?» domandai per spezzare il lungo silenzio che seguì. Volevo ricordarle il motivo per cui ero lì, ma sembrava che mi avrebbe concesso di vedere mio padre solo quando sarebbe stata pronta a farlo.

«"Tra prendersi cura di un bambino o di cento, tu cosa sceglieresti?" Ecco cosa mi diceva Maurice quando gli parlavo di avere un figlio. O di adottarne uno.»

Quando notò che afferravo il bicchiere vuoto nella speranza che si rabboccasse da solo, come per magia, aggiunse: «Scusami. Non ero d'accordo con lui su questo punto. Né su come si è comportato nei tuoi riguardi. Tua madre ha fatto un gran lavoro nel tirarti su da sola. Ma i bambini che Maurice aiutava non avevano che noi».

Quindi sapeva della mia esistenza. Quel bastardo ne era al corrente. Eppure aveva deciso di non cercarmi. Aveva preferito Haiti a noi, come aveva detto mia madre. Perché era più nobile prendersi cura di cento bambini? E chi si sarebbe occupato dei suoi piccoli orfani, adesso? Madre Terra probabilmente sarebbe tornata da loro.

«Tua madre ha fatto del suo meglio per tenere segreta la tua esistenza» proseguì la moglie di mio padre, cercando di indorare la pillola. «Non voleva essere costretta a dividere la custodia con lui. Anche quello ha avuto le sue conseguenze.»

«Quando ha scoperto di me?»

Mi accorsi che stavo digrignando i denti mentre parlavo. Volevo tagliare la corda, andarmene senza averlo incontrato, ma allo stesso tempo desideravo vederlo più di qualsiasi altra cosa.

«Quando eri adolescente. Pensava di aver perso già troppo tempo e che non lo avresti mai perdonato.»

Avevo ancora sete, come se avessi trangugiato un litro di acqua di mare. Avevo la gola secca. Ciononostante riuscii a dire: «È stato lui a chiedere che venissi?».

«No» rispose la donna. «Sono stata io. Quando ho ottenuto informazioni su di te da tua madre e dall'amico di Maurice, lui era già troppo malato per comprendere la situazione.»

«Voglio vederlo subito» mi scoprii a dire.

«Lo vedrai.»

I campanellini tintinnarono quando mi venne più vicina. Mi ritrassi, indietro da lei. Poi mi tornò in mente una cosa del commento appena sufficiente del mio allievo. Ce l'aveva con me perché lo avevo costretto a leggere, ma soprattutto ce l'aveva con Camus, con Meursault, lo straniero, per aver detto che in fondo non cambia niente se uno muore a trenta o a settant'anni.

Aveva concluso con le parole: "Importa ekkome. Onni sekondo è importante".

Mi ripromisi di alzargli il voto non appena fossi tornata a casa.

«Prima che tu lo veda, voglio che tu conosca alcune persone» disse la moglie di mio padre.

Puntellai le mani sull'ottomana accanto al divano per sostenermi mentre mi alzavo. Avevo le gambe fragili come fuscelli. Vacillai sulla scia della donna lungo il corridoio, tappezzato dalle fotografie della famiglia proprietaria della casa. Ci fermammo in cucina, dove due uomini e tre donne sedevano intorno a un tavolo quadrato.

La moglie di mio padre si rivolse agli occupanti del tavolo e annunciò: «Questa è Nadia, la figlia di Maurice. È venuta a trovarci da New York».

Se erano stupiti di sapere che Maurice aveva una figlia, non lo diedero a vedere.

«Nadia, questi sono amici miei e di Maurice» mi spiegò.

Una delle donne era un medico. Dopo aver fatto un cenno di saluto, la dottoressa si rimise a scrivere sul cellulare. Eravamo le persone più giovani nella stanza. Lei indossava un abito giallo smanicato, non camici o divise, ma aveva uno stetoscopio al collo.

La moglie di mio padre indicò quindi il sacerdote con il collarino, seduto in mezzo agli altri quattro, e precisò: «Il pastore Sorel e sua moglie sono nostri amici da una vita».

Rivolsi un cenno della testa al pastore Sorel, che si alzò per farmi posto. Mentre tirava indietro la sedia, disse: «Dev'essere stato un duro colpo per te».

«Maurice e Nadia non hanno vissuto molto insieme» intervenne la moglie di mio padre.

«Non abbiamo *mai* vissuto insieme» la corressi.

Non mi capacitavo del fatto che fossi in quella casa da ore e ancora non avessi visto mio padre.

«Posso incontrarlo, ora?» chiesi ancora.

«Prima mangia un po' di minestra di pane» suggerì la moglie di mio padre.

Mi servì una scodella di minestra bianca a base di pane raffermo, patate e qualche *noodle*.

«Ce n'è ancora, se ti va» disse una delle altre donne intorno al tavolo. Qualcosa mi indusse a credere che fosse la moglie del pastore Sorel.

Mentre mi ingozzavo di minestra, il pastore Sorel mi

posò le mani sulle spalle. Tutti gli altri, tranne la dottoressa, giunsero le mani e abbassarono la testa.

«Preghiamo per Nadia» disse il sacerdote.

Mi domandai perché pregassero per me e non per mio padre, ma come la minestra, la preghiera allentò la morsa che mi attanagliava lo stomaco.

Mentre pregavano, mi volsi verso una finestra bassa dove l'ombra tremula di una palma del viaggiatore si fondeva con il nostro riflesso sul vetro, trafitto dai raggi aranciati del sole morente nel tardo pomeriggio. Sulle pareti della cucina erano appese altre fotografie incorniciate del pastore Sorel e della sua famiglia. Nelle immagini il religioso era sempre immortalato con la figlia medico a sinistra, e a destra la donna che probabilmente aveva cucinato la minestra. A giudicare dalle fotografie nel corridoio, quella doveva essere stata la loro disposizione consueta in ogni fase della vita della dottoressa, dalla prima infanzia al tocco e alla toga, dall'abito da damigella al vestito da sposa, fino al camice da medico.

«Adesso possiamo entrare» annunciò la moglie di mio padre quando ebbi finito la minestra.

Mentre la seguivo lungo il corridoio, il sacerdote e la moglie intonarono un inno funebre, una ninnananna per i moribondi.

Ci incontreremo al fiume?
Quel bel, bellissimo fiume.

La stanza era in penombra, a eccezione di una lampada da scrivania su un comodino invaso da garze, pomate e altri farmaci. Al centro esatto della stanza c'era un letto da ospedale e, di lato contro il muro, una branda coperta da lenzuola candide ricamate a intaglio. Il letto era posizionato sotto un ventilatore a soffitto che faceva circolare l'aria fresca proveniente da un condizionatore a lato della finestra. Seguii la moglie di mio padre fino al letto.

Mia madre non aveva fotografie di mio padre, e lui e Madre Terra non avevano profili social dove pubblicare post personali o con cui finanziare la loro attività, come facevano in tanti, perciò non avevo immagini con cui confrontare l'individuo scheletrito che giaceva nel letto d'ospedale, oltre la mia. Dalla sagoma del corpo rigido nel pigiama sotto il lenzuolo, vidi che era più basso di me, anche se la malattia poteva averlo rattrappito. Se c'era ancora un territorio che potevo rivendicare, era il suo viso. Dovevo cercare me stessa nella pelle tesa e bruna, nella prominenza irregolare della fronte, negli occhi sigillati, nelle sopracciglia ormai quasi scomparse, nel profondo incavo delle guance cave, nella mascella serrata e nella stoppa brizzolata sul mento.

Feci risalire le mani lungo la sponda glaciale del letto d'ospedale verso il viso di mio padre che, sotto le mie dita, parve scabro e macilento come nell'aspetto, e non meno morto. Gli schiacciai il palmo della mano sulla fronte e la sentii viscida, come una maschera lucida. Mi volsi verso la moglie di mio padre in cerca di una spiegazione. Lei scoppiò in un pianto sommesso. I suoi singhiozzi mi ricordarono le lacrime di mia madre, anche se le due donne piangevano per due uomini diversi, nessuno dei quali avevo mai conosciuto.

«Ora se n'è andato» bisbigliò. «È libero. Gioiamo per la sua liberazione.» Mentre pronunciava quelle parole, il suo viso fu distorto dall'agonia quanto dall'orrore. «È morto appena prima che il tuo aereo atterrasse» ammise finalmente.

Sul suo viso paonazzo e inconsolabile lessi il vuoto che mio padre aveva lasciato, quasi che fosse uno squarcio, una ferita, una cicatrice. Avevo un bisogno disperato di provare ciò che provava lei. Invidiavo il suo dolore, lo bramavo.

«Perché non me lo hai detto subito?» le domandai.

«Non c'è fretta, non c'è nessuna urgenza» spiegò. Recuperò la sua compostezza, come se non avesse pianto nemmeno per un secondo. «La dottoressa dichiarerà la morte quando le chiederai di farlo. Quando sarai pronta. Marcel ha perso conoscenza da ieri, ma ci avevano detto che poteva sentirci finché aveva respiro.»

Perciò ufficialmente, almeno sulla carta, siccome la dottoressa non aveva constatato il decesso, mio padre non era ancora morto.

«Se mai avrai un figlio tuo,» disse la moglie di mio padre «potrai dirgli che hai visto tuo padre, anche se in queste condizioni.»

Come avrei descritto tutto questo a mio figlio, se mai ne avessi avuto uno? Come l'avrei raccontato a mia madre, che aveva escluso dal presente mio padre e tutto ciò che lo riguardava relegandolo al passato, ai vecchi tempi?

La moglie di mio padre aveva una sua versione dei vecchi tempi. Ai vecchi tempi, mi diceva, gli strombi squillavano quando qualcuno moriva. Ai vecchi tempi, quando nasceva un bambino, la levatrice lo posava per terra e spettava al padre sollevarlo e riconoscerlo come figlio suo. Ai vecchi tempi, i morti si tenevano in casa. Le veglie erano feste in cui tutti intonavano preghiere di commiato e si esibivano in danze funebri. Quando era il momento di portare la salma fuori dalla casa, la facevano uscire per i piedi attraverso la porta sul retro e non da quella principale, per sincerarsi che non vi facesse più ritorno. I neonati e i bambini più piccoli venivano fatti passare sopra la bara per essere esorcizzati dallo spirito del defunto e non ne fossero tormentati per il resto della loro vita. Infine un anziano del villaggio versava del rum sulla tomba per l'estremo saluto. Ai vecchi tempi, mi disse, avrei annunciato la morte di mio padre ai compaesani, quelli che affollavano la casa e quelli che si trovavano altrove, con i miei lamenti.

Mentre guardavo il viso del mio defunto padre, in cui non ravvisavo tracce di me stessa, avrei voluto afferrarlo e scuoterlo, costringerlo a svegliarsi e a raccontarmi la *sua* versione dei vecchi tempi.

«Era un uomo buono, molto buono» proseguì la moglie di mio padre. «So che avrebbe voluto che tu fossi presente nei suoi ultimi istanti di vita.»

Come poteva desiderare la mia presenza negli ultimi istanti della sua vita quando lui era stato assente ai primi della mia?

«Perdonalo» disse. «Perdonaci. Non c'è fretta. Prenditi tutto il tempo che vuoi, poi la nostra giovane dottoressa lo dichiarerà...»

La voce della moglie di mio padre si affievolì, poi la donna uscì dalla stanza che, quando penetrò la luce dal corridoio, si rischiarò un poco. Mi sedetti su quella che doveva essere la branda dove la moglie di mio padre aveva trascorso giorni, e notti, per assisterlo nella vita e vegliarlo nella morte. L'aria fredda dal condizionatore mi investì, e rabbrividii. Mi distesi e schiacciai la schiena sul lenzuolo ricamato. Volevo chiudere gli occhi, ma non riuscivo a distoglierli dal ventilatore che girava appeso al soffitto. Mi ricordai di quando, da piccola, mi era venuto in mente di infilare la mano in un altro tipo di ventilatore al ristorante di mia madre per vedere se davvero le pale mi avrebbero mozzato le dita, come aveva detto lei. Mi tornò in mente di quando mia madre tagliava corto ogni volta che chiedevo di mio padre, finché un giorno, quando avevo dodici anni, si era lasciata sfuggire che lui l'aveva abbandonata prima che io nascessi e che non voleva avere niente a che fare con noi. Questo mi aveva frenata dal cercarlo. Questo mi aveva spinta a desiderare che morisse.

Nel corridoio, sentii parlare la moglie di mio padre e i suoi amici. Forse pensavano di sussurrare, ma non era così.

Il pastore Sorel disse: «Sicuramente basterà un funerale semplice, e poi la cremazione, come voleva lui».

«Maurice vuole che le ceneri siano disperse nel giardino della scuola di Port-au-Prince» aggiunse la moglie di mio padre.

Parlava di lui al presente, come se fosse stato ancora vivo.

Diretti dal pastore Sorel, i presenti ripresero a intonare l'inno che parlava di un'adunanza sulle rive di un fiume dove gli angeli avanzavano su onde cristalline. Che parlava di disfarsi del proprio fardello sulle rive, di ricevere da Dio il mantello e la corona che ci si erano duramente conquistati nel corso della vita.

Sì, ci incontreremo al fiume,
quel bel, bellissimo fiume.

Poi, durante una parentesi di silenzio in cui non si udirono preghiere né canti, la dottoressa chiese: «Quanto ancora rimarrà là dentro, la figlia?».

La figlia? Disse: «La figlia». E la figlia ero io. La figlia resterà qui un anno e un giorno, come ai vecchi tempi – secondo la versione della moglie di mio padre –, e l'anima di mio padre ascenderà da un altro tipo di fiume per rinascere in forma di ombra, di sogno o un fruscio nel vento. La figlia resterà qui per tutta la vita, per tutto il tempo in cui ha sentito la mancanza di suo padre. E se la figlia restasse qui sino alla fine dei tempi?

Ma anche se la figlia non fosse stata una perfetta sconosciuta, anche se io e mio padre avessimo vissuto sempre accanto, non sarei riuscita a rimanere in quella stanza ancora a lungo. Perciò mi alzai, mi chinai oltre la sponda del letto d'ospedale e premetti le labbra sulla fronte fredda di mio padre. Lo feci perché pensai fosse mio dovere. Se fosse stato vivo e sveglio quando ero arrivata, avrei fatto lo stesso.

Mio padre non sembrava più addormentato. Dalla palpebra sinistra si intravedeva uno spicchio lattiginoso. Un mondo velato restava celato dietro quella piccola fessura, un mondo che mi era stato precluso, un mondo che non avrei mai conosciuto. Ai vecchi tempi, gli avrebbero messo delle monete sugli occhi affinché non cogliessi neppure di sfuggita le finestre della sua anima.

Sarebbe stato più facile, forse, abbandonarsi al pianto, aver voglia di piangere, lamentare la perdita di ciò che non sapevo di aver perso, chiedersi come avrei fatto a vivere senza di lui.

«*Aurevoir, papa*» dissi assaporando per una volta quella parola, *papa*. Mi ero sempre interrogata su cosa si provasse a chiamare qualcuno con quel nome. Avevo anche immaginato che mia madre sposasse uno degli uomini che frequentava di tanto in tanto, solo per poter attribuire quel nome a qualcuno. Quella sarebbe stata la prima e l'ultima volta in cui avrei chiamato *papa* l'uomo che era stato il mio vero padre.

Diedi le spalle a lui, a tutto, e mi incamminai verso la porta. Continuai ad aspettarmi che qualcosa mi fermasse, una mano sulla spalla, un sussurro che avrebbe invertito, se non la mia intera esistenza, quell'unico momento incompiuto. Ma mio padre non si svegliò, né tornò dal regno dei morti per riconoscermi come figlia sua.

Aujourd'hui, papa est mort.
Oggi mio padre è morto.

Ma io lo avevo già ucciso molte volte nella mia mente. In una rapina, in un duello, in un attacco terroristico, con proiettili, granate, mine di terra, morsi di serpente, per annegamento, per overdose, in un incidente d'auto, in un deragliamento, in un disastro aereo, nell'eruzione di un vulcano, in uno tsunami, folgorato da un fulmine, in un terremoto, di morte naturale, nel sonno, di una malattia incurabile. Alla fine, evidentemente, ci ero riuscita. Era morto, morto per davvero.

La cucina, dove mi aspettavano la moglie di mio padre e i suoi amici, era più buia di prima. Gli avvolgibili erano stati abbassati e le fotografie coperte da lenzuola nere.

«Il suo spirito potrebbe fermarsi a specchiarsi nel vetro» mi spiegò la moglie di mio padre parlando dal salotto. «Questo gli impedirebbe di proseguire il suo viaggio.»

Piansi solo in seguito, quando mi chiusi nel bagno più vicino alla stanza in cui giaceva mio padre e telefonai alla mamma.

«È morto, vero?» mi domandò lei non appena rispose.

Annuii come se la mamma fosse davanti a me.

«Mi dispiace» disse. «Per chi è rimasto.»

«Era sposato» raccontai tra i singulti. «E aveva dei buoni amici che gli volevano bene.»

«Tu hai me, e io ho te» replicò lei, facendomi capire che non si sentiva in colpa né si pentiva di aver tagliato i ponti con il passato, tranne per le pietanze che serviva nel suo ristorante. E per me.

«Ti trattieni per il funerale?» mi domandò poi.

Non potevo. Non l'avevo visto né vivere né morire perciò nel migliore dei casi sarei stata una presenza sconosciuta, nel peggiore un'intrusa. E comunque dovevo tornare al lavoro, ai *miei* ragazzi.

«Torna presto» mi disse la mamma.

Le promisi di farlo.

I campanellini alla caviglia della moglie di mio padre ripresero a suonare non appena uscii dal bagno. Dapprima tintinnarono dolcemente, poi trillarono come se non stesse camminando ma addirittura danzando verso la porta principale.

«È morto per un tipo di cancro in cui le cellule cerebrali prendono la forma di stelle» la sentii spiegare alla persona, o alle persone, che erano appena arrivate per lavare il corpo, o chissà quale altro rituale.

«Il calcio nelle ossa si è trasformato in polvere di stelle» disse la donna parlando a qualcun altro.

Poi dal salotto provenne il crepitio di una puntina posata su un vecchio vinile. La voce sensuale e al contempo accorata di Nina Simone irruppe dalla stanza, implorandoci di portarla all'acqua per ricevere il battesimo. Il dolore si tramutò presto in gioia e il pianoforte cedette il passo alle percussioni mentre Nina continuava a implorare, a pregare di essere battezzata.

D'un tratto provai l'impulso di abbracciare la moglie di mio padre e di lasciarmi abbracciare da lei come mia madre non avrebbe mai potuto fare. Mentre camminavo verso la moglie di mio padre, ebbi la sensazione, con le percussioni che ancora mi martellavano nelle orecchie, di marciare in testa al corteo funebre di un re, con un intero villaggio nella mia scia.

"Amami e poi lasciami"

«*Madame*, hanno detto che sto per morire.»

Mélisande si era recata in una clinica del centro e si era sottoposta a un prelievo del sangue, solo per ricevere una possibile condanna a morte. Da un po' di tempo soffriva di tosse, una tosse inizialmente leggera e discreta che si era fatta sempre più cavernosa, finché non ero stata costretta ad allontanare mio figlio Wesley, di appena undici mesi, dalle sue cure. Solo quando aveva avuto la febbre ed era diventata così lenta da non riuscire quasi a muoversi, si era finalmente decisa a rivolgersi a un medico.

Ora singhiozzava sulla soglia di camera mia, il corpo sottile e piatto come lo stipite della porta. Sollevò la sottana di seta a fiori per asciugarsi le lacrime. Immediatamente riconobbi la gonna che un tempo era stata mia. L'avevo pagata sessanta dollari in un negozio di Miami quando frequentavo la scuola di specializzazione, dove avevo conosciuto mio marito, Xavier, un compatriota haitiano con cui gestivo un piccolo hotel, che era anche casa nostra, a Port-au-Prince.

«Hai parlato con tua madre?» chiesi a Mélisande.

Aveva ventuno, ventidue anni al massimo. La madre, Babette, lavorava come cuoca nel nostro albergo. Mélisande era la tata di nostro figlio, e alloggiava con la madre in una stanza sul retro delle cucine.

Non affidavo volentieri mio figlio ad altri, ma era evidente che Wesley adorava quella ragazza. Non appena lo avevo adagiato tra le sue braccia, Mélisande gli aveva strappato la risata più fragorosa che avesse mai fatto fino a quel momento. Forse l'attrazione che provava mio figlio era la stessa che provavo io: la faccia da folletto, la voce acuta, il passo blandamente incerto, come se temesse di toccare il suolo.

Xavier pensava che Mélisande dovesse frequentare una scuola di ragioneria, imparare un mestiere quando non badava a Wesley, ma non l'avevamo costretta a studiare e non avevamo mai insistito più di tanto. Durante il tempo libero, la vedevamo aiutare la madre in cucina. La vedevo anche scherzare con le nostre due cameriere quando, a volte, puliva la sala conferenze e le dodici camere insieme a loro. Aveva stretto un accordo con le cameriere: se le aiutava, quello che veniva lasciato nelle camere dovevano dividerlo con lei.

A volte, oltre alle mance, le cameriere trovavano monili d'oro o d'argento – soprattutto orecchini spaiati e braccialetti sottili – che io e mio marito facevamo di tutto per restituire, ma se nessuno ci rispondeva o li reclamava, dopo qualche mese permettevamo alle ragazze di venderli all'orefice sulla strada, che li fondeva in altri gioielli da vendere agli ospiti. Quei soldi, Mélisande non li avrebbe guadagnati se fosse andata a scuola e non avesse lavorato per noi, ma l'istruzione avrebbe potuto esserle utile in futuro. E ora rischiava di non averlo, un futuro.

«Entra e siediti» le dissi.

Mi alzai dal letto e andai verso la porta. Ero ancora in camicia da notte. Wesley era in albergo con mio marito, che si trovava alla reception per accogliere cinque studenti universitari per le vacanze di primavera. Dall'albergo mio marito gestiva anche un'agenzia di viaggi. La clientela dei nostri tour guidati consisteva principalmente in figli di haitiani nati all'estero. Durante la giornata, Xavier li portava a visitare i monumenti e i siti storici. Di sera venivano ospitati dai nostri amici scrittori, artisti e musicisti, o cenavano con i bambini dell'orfanotrofio vicino. Un altro collega accompagnava gli ospiti fuori dalla capitale a visitare Jacmel, una cittadina della costa che un tempo era famosa come la Riviera di Haiti, Gonaïves, dove nel 1804 era stata dichiarata l'indipendenza di Haiti dalla Francia, e Citadelle Laferrière, una fortezza mozzafiato costruita dopo l'indipendenza. Il tour proposto da Xavier era anche un mezzo per il reclutamento. Voleva incoraggiare quei giovani a tornare e a mettere le proprie competenze al servizio del paese.

Mélisande era impalpabile sotto le mie dita – come carta, stoffa o aria – mentre la conducevo verso la sedia a dondolo accanto al letto. Scivolò sulla sedia dove avevo accatastato alcuni cuscini. Posandole le braccia sulle spalle, percepii il calore della febbre persistente attraverso la maglietta bianca.

«Cos'ha detto il dottore di preciso?» le domandai.

«Ha detto» replicò seppellendo il viso tra le mani «che ho la SIDA. L'AIDS.»

Inizialmente sospettavo una polmonite, una bronchite, ma niente di più grave. Quando Mélisande era tornata, ero pronta a rimproverarla per aver aspettato troppo a farsi visitare. Pensavo che al massimo avrebbe avuto bisogno di una cura antibiotica.

«Anche se hai la SIDA,» le dissi «ora c'è una cura. Le persone vivono anni e anni.»

Quel discorso innescò una nuova raffica di singulti. Le sue spalle sussultavano, e io iniziai a farmi prendere dal panico. Wesley. Aveva toccato ogni singola parte del suo corpo, lo aveva lavato, asciugato, lo aveva baciato e coccolato. Si erano mai scambiati sangue incidentalmente? Avrei voluto lasciarla lì e correre oltre la piscina, il giardino di ibischi, i boschetti di alberi di fuoco, fino all'altra casa in stile *gingerbread*, all'altro capo della proprietà, per trovare mio figlio. Come al solito Wesley si era svegliato prima di tutti noi, e mio marito lo aveva portato in ufficio con sé. Probabilmente stava giocando o gattonando sotto la scrivania mentre Xavier rispondeva al telefono.

Mélisande stava ancora singhiozzando. Avremmo dovuto sottoporre Wesley al test. E come avrei potuto perdonarmi, se fosse stato contagiato?

Decisi di lasciarla piangere. Di lasciarla sfogare prima di cercare una qualche soluzione. Alcune cliniche offrivano buone cure antiretrovirali. Certe lo facevano gratuitamente; altre invece esigevano l'adesione a progetti di ricerca e sperimentazione. La clinica a cui si era rivolta Mélisande offriva consulenza ma non cure a lungo termine.

Avrei dovuto spronarla a rivolgersi al medico quando aveva iniziato a perdere peso. Avrei dovuto impedirle di amoreggiare più o meno apertamente con alcuni degli ospiti dell'albergo, già dalla sera stessa in cui il concierge aveva informato Xavier che a Mélisande piaceva cercare la compagnia di alcuni ospiti – quelli grassi, bianchi e affiliati a organizzazioni non governative – che, siccome non sembravano aver mai saltato un pasto in vita loro, la ragazza credeva ricchi. Non le importava se, per gran parte del tempo, non capiva cosa dicevano. Cercare di dare un senso alle loro parole era un gioco divertente per lei. Ripetendo alcune delle cose che dicevano, si illudeva di imparare l'inglese, lo spagnolo, il portoghese, il francese, il tedesco o qualsiasi altra lingua parlassero. Tuttavia, nel desiderio di rendere felici gli ospiti, il concierge notturno non l'aveva mai dissuasa. E comunque, il tempo che Mélisande trascorreva in compagnia di quegli uomini non gli sembrava mai sufficiente per un rapporto sessuale. Inoltre la ragazza viveva con la madre, che la sorvegliava costantemente.

Mélisande smise di piangere allorché parve aver finito le lacrime. Le venne il singhiozzo, che la costrinse ad agitare la testa avanti e indietro, vicino e lontano da me.

«Dobbiamo trovare una clinica dove puoi ricevere un secondo consulto» le suggerii.

Mélisande alzò la testa e mi fulminò con lo sguardo, poi sgranò gli occhi, come se mi fosse spuntato sulla testa un alveare o un nido d'uccello. Aveva gli occhi rossi come il fuoco, i capillari rotti quasi sovrastavano le iridi.

«Mi hanno detto che non c'è cura» replicò lei.

«Fammi parlare con *mesye* Xavier» le dissi. «Troveremo qualcuno che si occupi di te.»

Non avevo idea di quale fosse la clinica migliore a Port-au-Prince, ma sapevo che Xavier sarebbe riuscito a scovarla. Lui sapeva come procurarsi le informazioni, specialmente quando le cose prendevano una brutta piega. Il lavoro di una guida e di un albergatore consiste anche in questo. Se gli ospiti hanno fame, gli dai da mangiare. Se vogliono bere, li accontenti. Se vogliono essere lasciati in pace, ti fai vedere il meno possibile. Se vogliono compagnia, li intrattieni. Se hanno il cuore spezzato, gli procuri un nuovo amore. E se si ammalano, trovi il modo di curarli in fretta prima che tirino le cuoia sotto la tua responsabilità.

Wesley risultò negativo al test per l'HIV. Lo stesso medico canadese di Pétionville che aveva sottoposto lui e Mélisande, per la seconda volta, alle analisi fu anche quello che ci aiutò a trovare gli antiretrovirali di cui la ragazza aveva bisogno. La soluzione migliore, ci disse, era l'assunzione di una sola pastiglia che molti dei suoi pazienti avevano soprannominato la *gwo blan*, o la "biancona". Sarebbe stato più semplice controllare che la paziente fosse ligia al dovere. Il medico si accorse subito che Mélisande non lo sarebbe stata. Innanzitutto negò di aver avuto rapporti sessuali e, siccome non si era iniettata con aghi ipodermici né era stata sottoposta a trasfusioni di sangue, non si poteva che concludere che stesse negando l'evidenza.

«Se nemmeno riconosci il modo in cui la malattia è entrata nel tuo corpo, come puoi sperare di trovare la forza di combatterla?» chiese il dottore nel suo creolo dall'accento francese a Mélisande che, seduta davanti a lui, fissava la parete tappezzata di diplomi con le palpebre a mezz'asta.

Ma dopo che il medico ci ebbe fornito due mesi di cura dalla sua scorta personale – al prezzo di due dollari americani a pastiglia – Mélisande si rivelò più diligente di quanto ci aspettassimo. Per abituarla, le dissi di venire da me tutte le mattine per poter controllare che prendesse la pastiglia mentre facevamo colazione insieme, in genere a base di cibi solidi come platani e uova o spaghetti con l'aringa, per lei, e qualcosa di più leggero, tipo caffè e pane tostato, per me. La maggior parte delle volte mangiavamo sul patio di camera mia che si affacciava sulla piscina dell'albergo dove alcuni dei nostri ospiti già facevano la loro nuotata mattutina. Altre volte mangiavamo nella sala da pranzo dell'albergo, con Wesley sul seggiolone al mio fianco.

Mélisande mise su peso, e ora i miei vecchi vestiti le stavano meglio. Piangeva meno, in parte forse perché sapeva che tutto il personale, inclusi i giardinieri e le guardie giurate, ci tenevano d'occhio. Ma quello che non faceva più era toccare mio figlio, che le tendeva le piccole braccia grassottelle, distorcendo il faccino in una smorfia che si tramutava in dolore, e in pianto, quando lei lo ignorava o si voltava dall'altra parte.

Dopo un po' smisi di portare Wesley a colazione con noi. Era insopportabile per entrambi. Anche se ne avrei avuto sicuramente bisogno, non assunsi un'altra tata perché non volevo che Mélisande stesse peggio di quanto non si sentisse già. Invece chiesi a Xavier di darmi una mano quando non c'erano tour guidati, e mi portavo dietro Welsey dappertutto, spingendolo sul passeggino quando diventava troppo pesante.

Quella settimana, tra gli ospiti più problematici c'era la coppia di sposini del posto che avevano trascorso quattro notti chiusi nella suite luna di miele pur avendola prenotata soltanto per due. E il senatore che aveva abbandonato casa sua per ragioni di sicurezza e adesso alloggiava in una delle camere accanto al gazebo.

Mi imbattei nel senatore mentre correvo qua e là con Wesley, per dare una controllata frettolosa al giardino prima di fare colazione con Mélisande. L'uomo sedeva in piscina a leggere il giornale, con indosso solo il costume da bagno. Mi sorrise e mi fece l'occhiolino, come faceva sempre quando gli rammentavo il conto che doveva ancora saldare. C'era anche il vecchio gobbo, un filosofo francese che sosteneva di essere a Haiti per scrivere un libro sul paese, ma che non faceva altro che fumare e bere come una spugna per tutto il giorno. A tutti questi ospiti, e anche alla giornalista a cui dovevo rammentare che i soldi inviati dal suo giornale non erano mai arrivati, bisognava stare con il fiato sul collo. Molto più che a Mélisande, la quale ero convinta sarebbe stata in grado di assumere la terapia da sola.

Ben presto smisi di fare colazione con lei e iniziai a monitorare il suo comportamento nei confronti della madre, che dal giorno in cui aveva appreso della malattia della figlia aveva cominciato a chiamarla *bouzen*, "puttana", anche se tutte le mattine interrompeva il lavoro per accertarsi che Mélisande avesse preso la pastiglia a colazione.

Certe mattine le osservavo dal patio. Babette non era più alta di Mélisande, ma era robusta e grassoccia. Le vene del collo le pulsavano mentre inveiva contro la figlia, che provava a mettere fine alla conversazione ingollando la pillola e poi dandosela a gambe.

«Cosa farai quando *mesye* e *madame* smetteranno di pagare quelle pastiglie da cento gourde?» le strillava Babette come un sergente istruttore che tormenta una recluta. La sua paura era palpabile. La sopravvivenza della figlia ora dipendeva da me e mio marito. Se avessimo deciso di vendere l'albergo e trasferirci altrove, le condizioni di Mélisande sarebbero peggiorate. E se le aziende farmaceutiche avessero smesso di produrre la medicina o di inviarla a Haiti? Se la catena che andava dalla creazione del farmaco alla nostra capacità di reperirlo si fosse spezzata in un punto qualsiasi, Babette avrebbe potuto perdere la figlia.

Una mattina la udii chiedere a Mélisande, che stava prendendo la pillola: «E se gli stranieri, i *blan*, si tenessero il *medikaman* tutto per sé? E se *mesye* e *madame* lasciassero Haiti?».

«Non avrai mai un bambino sano» le disse un altro giorno. «Non avrai mai un marito.»

«Dovresti parlarle» mi suggerì Xavier un giorno, dopo aver origliato quei discorsi.

Mio marito stava organizzando il pranzo per un gruppo di imprenditori locali che a volte usavano la sala conferenze dell'albergo per le loro assemblee. Si appuntava sul cellulare di ricordarsi di ordinare i vini, di avvisare lo chef e di elaborare un menu, tutto mentre parlava.

«Non credo che a quella povera figliola faccia bene sentirsi dire certe cose» commentò Xavier.

«Dove vuoi essere sepolta?» domandò Babette alla figlia poco dopo. «Meglio che tu cominci a mettere da parte i soldi se vuoi una bella bara.»

A differenza di tutti noi, Babette non poteva permettersi il relativo ottimismo che a me e Xavier trasmettevano le pastiglie. Se Mélisande fosse stata figlia mia e non avessi avuto i soldi per comprarle una cura, avrei nutrito gli stessi timori.

L'indomani mattina chiesi di scambiare due parole con Babette che, non appena chiusi la porta dell'ufficio di mio marito, mi strinse la mano e disse: «*Mèsi, mèsi.* Grazie, *madame*, per non averla mandata via. Grazie per non averla lasciata morire».

«Ci sono persone in tutto il mondo che prendono quelle medicine» esordii ritirando delicatamente la mano. «Inoltre stai sprecando del tempo prezioso con tua figlia, tempo che potresti trascorrere come facevi prima. La aiuteresti molto di più se smettessi di insultarla e le dimostrassi il tuo amore.»

«Il mio amore?» Si accigliò, indietreggiando da me.

«Sì, il tuo amore» ripetei. Doveva esserle sembrato un ordine. «Devi amarla» ribadii.

Sapevo cosa le stava passando per la testa. Questi forestieri buoni a nulla, questi non più haitiani, quasi *blan*, praticamente degli stranieri, questi *dyaspora* con le loro idee sdolcinate, perché riducono tutto a un solo genere d'amore, l'amore di cui parlano tutti, anziché quello che ti strazia il cuore? Questi *dias-poracci*, questi *dyaspowa* e *dyasporèn*, questi monarchi illuminati non sanno che ci sono molti altri modi per esprimere l'amore oltre a parlarne di continuo?

«Certo che la amo» ribatté la donna allargando le braccia come a mostrare la portata del suo affetto. «Ecco perché sono così dura con lei.»

Abbassò lo sguardo e chinò il capo, e parve vergognarsi del fatto che avessi avuto ragione di rimproverarla, del fatto che non aveva altra scelta che starsene lì e ingollare.

«*Eskize m.* Scusami» le dissi. «Siamo madri tutt'e due. Ti capisco.»

Si guardò intorno nella stanza, le fotografie appese al muro, i ritratti dei parenti miei e di Xavier, a Haiti e all'estero. Guardò la decina e più di fotografie di Wesley che era al mondo da meno di un anno. Guardò le pareti come se sperasse di vedervi se stessa o Mélisande, ma nemmeno si stupì di non trovarvi nessuna delle due.

«Lei è una madre che mantiene suo figlio, e anche la mia» disse Babette alzando gli occhi al soffitto imbiancato. «Non siamo uguali.»

Io volevo il bene di Mélisande, replicai, così come lo desiderava lei. In quel senso eravamo uguali. Sapevo di non averla convinta. Sapevo anche che dopo la nostra chiacchierata non ci sarebbero stati discorsi di scuse né abbracci di riconciliazione tra madre e figlia.

L'indomani mattina mi affacciai dal patio con Wesley che saltellava nel box accanto a me e la vidi porgere in silenzio un bicchiere d'acqua a Mélisande.

«Cosa diamine le hai detto?» domandò Xavier che era passato a fare un saluto a Wesley.

«Lo sai...» risposi per fargli capire che non avevo voglia di parlarne.

Alla fine del secondo mese, quando Mélisande aveva bisogno di un'altra scorta di farmaci, il medico lasciò Haiti e tornò a Montréal. Mélisande non ebbe altra scelta che cercarsi un altro dottore, un cubano stavolta, che le prescrisse un'altra batteria di analisi. Quando Mélisande fece ritorno con parecchie boccette di pastiglie, tra cui fitoterapici e vitamine, compresi che qualsiasi illusione avesse mai nutrito di guarire era ormai svanita.

La nuova terapia non faceva per lei. Mélisande aveva mal di stomaco, nausea e diarrea, e passava tutto il giorno a letto. Il suo corpo avrebbe impiegato del tempo ad abituarsi ai medicinali e agli integratori, disse il dottore cubano, ma aveva bisogno di entrambi, tanto degli antiretrovirali quanto dei rimedi naturali. Xavier fece qualche altra telefonata e le trovammo un altro medico, una dottoressa haitiana, per avere la conferma che Mélisande fosse curata nel modo giusto.

Dopo che il medico l'ebbe visitata nella stanza dove alloggiava con la madre, Mélisande disse che rivoleva la *gwo blan*, o la "biancona". Mostrò le boccette che le aveva dato il medico canadese alla dottoressa haitiana che, non appena lesse il nome del collega, fece schioccare la lingua ed esclamò: «Gesù, Giuseppe e Maria!».

«Cosa c'è che non va?» chiesi dalla soglia, dove stazionavo.

A detta della dottoressa haitiana, quello che il medico canadese aveva prescritto a Mélisande era meno efficace di un'aspirina. Era una cura placebo. Non aveva alcun effetto. Anzi, avrebbe addirittura potuto indebolire il suo sistema immunitario. Il medico canadese che ci aveva prescritto e venduto le prime pillole era fuggito da Haiti perché era stato smascherato da alcuni colleghi che lo avevano denunciato al Ministero della Salute per aver venduto quei farmaci inutili a decine di pazienti ignari in tutta la città. Si dubitava perfino che fosse un vero medico.

«Devi stare molto attenta» la dottoressa ammonì Mélisande. Le prescrisse la *gwo blan* di nuovo, ma si raccomandò affinché ci sincerassimo che fosse quella originale. A quella notizia il corpo di Mélisande sprofondò sotto le lenzuola. Aveva perso del tempo prezioso.

«Quell'uomo ha giocato con la sua vita» mi disse la dottoressa quando la accompagnai fuori dalla stanza. Mélisande si voltò dall'altra parte, affondando il viso nel cuscino mentre chiudevo la porta.

Non avrei dovuto fidarmi del primo medico. Forse ero stata accecata dalla sua pelle bianca e da tutti i diplomi appesi al muro. Mi sarei fidata di lui se Mélisande fosse stata figlia mia?

«Abbiamo fatto più del nostro dovere» affermò Xavier mentre si accordava per messaggio con un autista riguardo a una gita al MUPANAH, il museo nazionale, da organizzare in pochi giorni per un gruppo di studenti di storia dell'arte.

«Come?» replicai. «Portandola da un ciarlatano?»

«Ci abbiamo provato» disse lui.

«Abbiamo fallito» lo corressi, gridando.

«Abbiamo fatto tutto quello che avremmo fatto per Wesley» insisté lui.

«Davvero?»

Presi subito appuntamento per sottoporre nostro figlio a un secondo test.

Il pomeriggio, prima dell'appuntamento dal dottore per Wesley, la madre di Mélisande servì me e Xavier nel gazebo, mentre nostro figlio dormiva nel passeggino. Babette sudava nell'uniforme azzurra. Aveva la testa avvolta in un foulard nero e, sebbene ultimamente lo portasse spesso, all'improvviso quel velo mi parve un drappo funebre.

«Siamo molto dispiaciuti» le disse Xavier. «Ma probabilmente era già malata quando è arrivata da noi. Può essere successo anche quando era più giovane.»

La donna servì il cibo in fretta, ci dette le spalle senza dire niente e si allontanò. Forse ci reputava disonesti come il medico ciarlatano, e adesso ci permettevamo addirittura di insultare sua figlia.

Avrei dovuto chiederle scusa, dissi a Xavier dopo che se ne fu andata, garantirle che volevamo solo aiutare Mélisande. Eravamo stati derubati con l'inganno, non solo dei nostri soldi ma anche delle nostre speranze.

Mi alzai per andare a cercare la madre di Mélisande, ma Xavier mi afferrò la mano e mi tirò indietro.

«Lascia stare» disse, ora davvero arrabbiato, non solo con il medico fasullo e la situazione nel suo complesso, ma anche con Babette.

Alcuni giorni dopo mi recai nella loro stanza per vedere Mélisande e per informarla che anche il secondo test di Wesley era negativo. Lei era a letto e dormiva profondamente, e non si mosse quando entrai. Le treccine lunghe fino alla vita, fatte da poco, sembravano troppo voluminose per il suo viso e le si allargavano intorno alla testa come un nido di serpi in fuga. Il corpo dall'aspetto fragile, nudo tranne per un reggiseno nero e un paio di mutandine a pois, alla fine si sarebbe adattato completamente alla cura, ci aveva assicurato la dottoressa.

Vedendola dormire, così serena e vulnerabile, specialmente con la bocca aperta, mi interrogai su quale fosse la sua volontà. I sintomi erano pressoché scomparsi per quasi due mesi quando aveva assunto la cura placebo. Pareva aver funzionato proprio perché lei ci credeva. Ora, però, c'era qualcosa di diverso nel suo viso. Non sembrava più giovane. Forse per via degli sbalzi di peso, adesso le erano spuntate persino le rughe, alcune in mezzo alle sopracciglia, altre intorno alla bocca.

Una settimana dopo Mélisande si rimise in piedi. La notai un mattino, mentre io e Wesley facevamo colazione sul patio: era vestita di tutto punto e sedeva su una sdraio in piscina, lo sguardo fisso verso l'acqua. Si frugò in tasca ed estrasse un gioiello che si passò sulle linee del palmo. Quindi lo tenne stretto nel pugno prima di rimetterlo in tasca. Ripeté quei gesti un paio di volte, tirò fuori l'oggetto dalla tasca, lo guardò, lo ripose. A un certo punto notai che era un anello con una pietruzza scintillante che, nonostante le piccole dimensioni, rifletteva la luce più di tutto il resto.

Portai Wesley alla piscina per salutarla. Aveva gli occhi chiusi e dovetti chiamarla per farle sapere che eravamo lì. Fu sorpresa di vederci.

«Come stai?» le domandai mentre prendevamo posto sulla sdraio accanto.

Mio figlio si precipitò verso l'oggetto scintillante che stava nella mano sinistra di Mélisande, ma lei ritrasse tutt'e due le mani e lo rimise in tasca.

«Cos'è?» volli sapere.

Probabilmente Mélisande si chiese da quanto tempo la stavo guardando mentre tirava fuori e metteva via il gioiello. Lentamente si frugò in tasca ed estrasse nuovamente l'anello. La fascetta era sottile come uno spaghetto, ma aveva, proprio come sospettavo, una piccola pietra trasparente che catturava la luce. Attratto dallo scintillio della pietra, Wesley allungò di nuovo la mano per prenderlo, ma Mélisande lo nascose come per proteggerlo.

«Lo ha dimenticato uno degli ospiti?» le chiesi.

Scosse la testa.

«Allora te lo ha regalato qualcuno?»

Annuì.

«Un uomo?»

Annuì di nuovo.

«Te lo ha dato prima che ti ammalassi?»

«Può darsi» rispose con un fil di voce tenendo lo sguardo puntato sul pugno richiuso intorno all'anello.

«Aveva detto che ti voleva sposare?»

Non rispose.

Sì, le aveva detto che voleva sposarla, immaginai, poi era tornato alla sua vita, da sua moglie, o da qualsiasi persona a cui fosse davvero legato, e non aveva più fatto ritorno.

L'anello era una patacca, naturalmente, uno dei gioielli di *krizokal* realizzati dall'orefice più avanti sulla strada. Ne avevo visti moltissimi alle dita delle ragazze che venivano a bere al bar dell'albergo per abbordare gli ospiti stranieri o locali, ospiti che sostenevano di amarle e regalavano loro un anellino uguale a quello, a pegno della propria fedeltà, e poi le abbandonavano, lasciandole appese a qualche vuota promessa, per non tornare mai più. Dalle nostre parti quel genere di anello aveva persino un nome. Li chiamavamo le fedi nuziali di Port-au-Prince, o gli anelli *renmen n, kite m*, "amami e poi lasciami".

«Mélisande» ripresi cercando le parole giuste per dirle, o meglio per ricordarle che quell'anello era come le pastiglie che aveva assunto all'inizio. Non c'era verità, magia o potere di guarigione in quell'oggetto. Il viso emaciato e gli occhi arrossati indicavano che già lo sapeva.

«*M konnen,*» disse «lo so» agitando la mano ossuta per farmi capire che non voleva parlarne più.

Il regalo

Anika promise a Thomas che gli avrebbe fatto un regalo se avesse accettato di cenare con lei il quattro luglio. Non si vedevano da oltre sette mesi, da prima del terremoto. Il ristorante a vetri affacciato sulla baia di Biscayne era stata un'idea di Anika. Ci erano stati innumerevoli volte e, in tempi molto più felici, avevano trovato entrambi le luci soffuse e i divanetti di pelle nera non solo affascinanti ma pure romantici. I tavolinetti bassi ricavati da vecchie cassette su cui il cibo veniva servito erano piuttosto scomodi, ma la vista mozzafiato dello skyline di Miami li invitava a tornare. Era un bel posto da cui assistere allo spettacolo pirotecnico del quattro luglio e, per quanto la sala sarebbe stata piena, l'angolino dove sedevano sempre era abbastanza appartato per poter parlare tranquillamente.

Anika aveva comprato un abito speciale per l'occasione, un vestitino nero a schiena scoperta che a stento le sfiorava le cosce. Quando arrivò, Thomas non somigliava all'uomo azzimato di cui un tempo era stata innamorata, l'uomo dal quale era stata attratta sin dal primissimo istante, quando era entrata nel suo studio immobiliare, un attico con vista sul centro di Miami, e gli aveva chiesto di poter decorare le pareti dello studio con i quadri dei suoi clienti, a patto che lui la aiutasse a piazzare quei dipinti agli affittuari, agli acquirenti o ai loro arredatori.

«Non saprei» aveva risposto lui sogghignando maliziosamente persino in presenza della segretaria bionda che prendeva appunti, seduta accanto a lei dall'altra parte della scrivania. «Inoltre sarebbe un mucchio di lavoro per lei. Dovrebbe stare qui per tutto il tempo, a prendersi cura dei quadri. E di me.»

A quei tempi era ancora nuovo a Miami, un *dyaspora* per ben due volte, prima da Pacot, Haiti, e poi da Park Slope, Stati Uniti. Allora passava moltissimo tempo in palestra. Quando si avvicinò al tavolo, le apparve meno corpulento e molto smagrito, e persino più basso.

Si accomodò sul divanetto e la cinse con le braccia. Profumava di uno dei molti dopobarba che usava a rotazione, anche se Anika gli raccomandava sempre di adoperarne uno soltanto così che, ovunque avesse sentito quel profumo, avrebbe pensato a lui.

«Le persone non ricordano gli odori,» aveva detto a Thomas «a meno che non siano legati a qualcosa o qualcuno...»

Intendeva dire: qualcosa o qualcuno che amano. Ma sapeva che non era sempre così. Le persone associano gli odori anche a ciò che odiano o cercano di dimenticare.

Dopo averla salutata, Thomas le tenne le braccia intorno al collo così a lungo che Anika non ebbe altra scelta che accarezzargli la schiena. Gli diede dei colpetti al centro, come se stesse piangendo. In passato, Thomas avrebbe indossato dei jeans firmati e una camicia scura, invece ora portava una camicia bianca a maniche lunghe e un paio di pantaloni scuri dal taglio comodo. Al lobo destro aveva un brillantino, di quelli che in genere si vedono alle orecchie delle bambine piccole.

«Questo è nuovo» disse Anika indicando l'orecchino.

«Come molte altre cose.» Thomas si staccò da lei e si appoggiò allo schienale del divanetto. Sedeva rigido, quasi troppo rigido, come se fosse stato colto con le mani nel sacco.

Era stata lei a corteggiarlo. Con il passare del tempo Thomas aveva iniziato ad acquistare i quadri da Anika come regalo di benvenuto per i clienti dello studio. Ogni volta che lui comprava un'opera, lei lo invitava a cena in quello stesso ristorante, per festeggiare. La sua sicumera, la sua spavalderia, l'avevano conquistata. Trovava sexy il fatto che flirtasse con lei davanti ad altre donne, persino quelle che lavoravano nello studio. Era seducente, estremamente fotogenico, con la testa calva e la pelle color mogano. Aveva una voce da speaker radiofonico e, ogni volta che apriva la bocca, pareva che stesse facendo un annuncio in diretta.

«Non mi aspettavo che richiamassi, stavolta» disse Anika.

«È festa e non ho niente da fare» spiegò lui.

«Ci sono state altre feste.»

«Feste importanti?»

«Questa per te è importante?»

«Be', siamo qui, no?»

«Sei venuto perché ti ho promesso un regalo.»

«Ci siamo sempre promessi qualcosa» replicò lui. «Be', non sempre cose materiali.»

Si guardò intorno nella sala che si stava riempiendo. Le voci salirono di volume, da semplici sussurri a un tono naturale di conversazione, quindi al grido occasionale di chi cercava di farsi sentire. Molti degli altri avventori già davano la caccia ai tavoli vuoti vicino alla vetrata, in alto rispetto alla strettoia del Brickell Avenue Bridge. C'era voluta molta opera di persuasione, e Anika aveva dovuto rammentare al direttore quanti soldi avevano speso al ristorante, per ottenere il solito tavolo.

«A me il quattro luglio piace» replicò lui. «Però non ricordo cosa abbiamo fatto l'anno scorso.»

«Io ho avuto il pranzo al sacco a casa mia. Tu i fuochi d'artificio al Bayfront Park.»

«Un errore madornale» aggiunse Thomas. «Mia figlia era terrorizzata dai fuochi.»

Non le chiamava mai per nome davanti ad Anika, né la moglie né la figlia. Quasi volesse che restassero sagome indistinte, astratte, vaghe.

Lo conosceva da qualche settimana quando era venuta a sapere che Thomas aveva una moglie e una figlia piccola. Dopo aver venduto una villa da diversi milioni di dollari a un giocatore di punta dei Miami Heat, Thomas si era aggiudicato un articolo nella rubrica finanziaria del "Miami Times". Si era trasferito da New York con la famiglia a dieci anni. La moglie veniva da un ricco clan di Haiti ed era emigrata a Miami in età adulta. La famiglia di lei si occupava di edilizia a Haiti, e Thomas voleva invadere anche quel mercato. Era un'accoppiata a dir poco perfetta.

La foto della famiglia sul sito del quotidiano – Thomas, la moglie, la figlia piccola – seduta nel salotto del sontuoso attico di Miami l'aveva investita come un treno in corsa. Eccoli. La santa trinità. La famigliola perfetta. Il lignaggio libanese e haitiano della donna si manifestava nella pelle bruno-rossastra e nella cascata di capelli folti in stile Cleopatra. La figlia, di quasi un anno, era paffutella, da prendere a morsi, le braccia tornite avvinte al collo ingioiellato della madre.

Thomas scivolò accanto a lei fino a occupare tutto il posto. Quando posò la testa sulla spalla di Anika, lei ripescò il cellulare dalla borsa. Stava per telefonare a un'amica perché dopo cena andasse a salvarla dalla tentazione di tirarsi indietro, cambiare idea o ricominciare con la vita di prima. Osservandola mentre riponeva il cellulare nella borsetta, Thomas disse: «Una volta sono stato al Caribbean Market di Port-au-Prince, e tutte le domestiche erano al cellulare con le padrone. Mi correggo, con i padroni. E poi quelle donne telefonavano alle *loro* domestiche per dire cosa cucinare ai loro figli».

Siccome Anika assunse un'espressione perplessa, Thomas aggiunse: «Dopo il terremoto hai saputo delle persone che sono rimaste sotto le macerie di case, scuole, e del Caribbean Market, e che per ore hanno mandato richieste di aiuto con il cellulare?».

«Avevi il telefono con te quando la casa è crollata?» chiese lei.

Thomas alzò la testa dalla spalla di Anika, e lei sentì il suo peso, ormai più leggero, scivolare via.

«Macché» rispose lui. «Volevo dedicarmi alla famiglia. Mi pento amaramente di non aver avuto il cellulare con me, là sotto.»

«Ti vedo bene» disse Anika accorgendosi che Thomas non riusciva a raccontare di più. Aveva mentito. La faccia smunta di Thomas era costellata da tacche e cicatrici che, se fosse stato bravo con il trucco, forse sarebbe riuscito a coprire.

Un primo cameriere portò l'acqua, poi ne arrivò un secondo con il coperto e il menu, ma entrambi potevano essere ombre, spettri. Seguì un discorso sui piatti del giorno e sul menu che Anika era troppo distratta per sentire bene. E comunque il menu lei lo conosceva a menadito.

«Ci dia solo un minuto» gli disse Thomas prima di ordinare da bere.

«Tanto vale mangiare per terra» commentò poi come aveva fatto in passato, tamburellando sul tavolo di cassette con le mani aperte.

Quando il cameriere fece ritorno, Thomas chiese il Pinot nero cileno che bevevano sempre, quello dal gusto pepato e dall'aroma terroso. Era il loro preferito. Ordinò anche dei gamberoni e degli sformatini di polpa di granchio.

«Come va il lavoro?» le domandò una volta che il cameriere si fu allontanato. «Vendi molti quadri?»

«Ho perso il mio cliente migliore, ricordi?» rispose Anika.

«Giusto. Me» ammise lui picchiettandosi sulla spalla.

«Collaboro con alcuni architetti d'interni» soggiunse Anika. «Mi arrangio, ma ho anche iniziato a fare dei disegni semplici, a matita.»

Lei sapeva che Thomas stava facendo del suo meglio per recuperare il tempo perso. Anika avrebbe voluto dirgli che abitava ancora nell'appartamento lì vicino dove lui andava a trovarla, che la camera da letto era sempre piccola e che la terrazza, invasa dalla sua variopinta collezione di sedie da esterno, offriva ancora una bella visuale della MacArthur Causeway e della baia di Biscayne. Avrebbe voluto dirgli che teneva ancora il corso introduttivo di Storia dell'arte al Miami Dade College, e che i soggetti delle sue opere erano uccelli, tratti da fotografie e riprodotti su blocchi di carta da disegno. Il suo preferito era il mango delle Antille, l'unico uccello capace di volare all'indietro. Disegnava anche molti picchioli delle Antille, le cui piume erano state rinvenute nella Repubblica Dominicana in un'ambra antica di venticinque milioni di anni.

Il cameriere tornò con il vino, Thomas lo annusò e lo assaggiò in modo plateale. Accostando il calice a quello di Anika disse: «*Santé*».

«A giorni migliori.» Lei bevve un sorso, poi posò il calice.

I camerieri servirono loro una gran varietà di antipasti, e i due li osservarono con disinteresse. Anika si chiese come sarebbe stato andare a letto con quella nuova versione di Thomas priva della gamba sinistra dalla rotula in giù, anche se era oggettivamente impossibile distinguere l'arto vero dalla protesi. Avrebbe voluto credere che sarebbe stato semplice riprendere da dove avevano lasciato, che il desiderio che aveva provato un tempo per quel corpo forte ancorché viziato, che la fame fossero ancora lì. Ma non ne era sicura. Percepiva che parte della sicumera di Thomas era svanita. Eppure quella mancanza di fiducia non era da attribuirsi alla gamba, quanto alle cose e alle persone che aveva perso. Anika avrebbe voluto vedere, toccare la parte assente del suo corpo, quella gamba, proprio come quando lui entrava e usciva dal suo letto, o le cingeva i fianchi. Pensò che Thomas avrebbe potuto chinarsi da un momento all'altro, arrotolare il pantalone e mostrarle la protesi. Invece lui afferrò uno sformatino dal vassoio e se lo infilò in bocca. Masticò a lungo mentre lei contemplava il suo viso, quel viso sfregiato e più vecchio.

«Sei tornato a Haiti dopo...» gli domandò.

Dapprima lui non rispose e parve faticare a ricacciare indietro le parole mentre afferrava un altro sformatino, che mandò giù svuotando un intero calice di vino.

«*Non*» rispose finalmente quando anche la sua bocca si fu svuotata.

Il pomeriggio del terremoto Anika aveva lezione al Miami Dade College. Quel semestre era entrata in confidenza con alcuni allievi che l'avevano invitata a una cena organizzata dall'associazione studentesca haitiana. All'evento sarebbe stato presente anche un famoso cantante locale di nome Roro.

Al termine della lezione, Anika stava pensando di declinare l'invito. Poi il telefono aveva preso a squillare. E con tutti i cari che stavano lontani, con i genitori che abitavano a Brooklyn e gli altri parenti a Parigi, Santo Domingo e Montréal preoccupati ma in salvo, con Thomas in vacanza per Capodanno con la moglie e la figlia a Haiti che non rispondeva al telefono, Anika aveva deciso di andare lo stesso a quella cena. C'era forse un momento migliore per stare in compagnia? aveva pensato. Ancora non circolavano notizie sicure.

L'atrio d'ingresso del college era affollato. Quando era entrata, centinaia di studenti e insegnanti sedevano formando un ampio cerchio su quella che doveva essere la pista da ballo. Il cantante, Roro, simile a un leader spirituale, occupava il centro del cerchio. Dalla sua posizione dominante sembrava tuttavia sperduto, trasecolato, le mani giunte, la faccia stravolta.

La presidentessa dell'associazione, una ragazza inquieta, si era avvicinata a Roro. Singhiozzando, gli aveva chiesto di continuare con la cerimonia.

Se solo le cerimonie potessero guarirci all'istante, aveva pensato Anika. Mentre aspettava di vedere cosa si sarebbe inventato Roro, aveva controllato ripetutamente le pagine social di Thomas e sua moglie, nonché quelle dei loro amici e degli amici degli amici. Non c'erano aggiornamenti, solo una fiumana di manifestazioni di preoccupazione e di sconcerto.

Quando, una settimana dopo, i colleghi avevano riaperto lo studio immobiliare di Miami, la segretaria aveva informato Anika che la moglie e la figlia erano morte e che a Thomas avevano amputato la gamba sinistra all'altezza della rotula. Era tornato negli Stati Uniti, ma nessuno aveva il permesso di sapere come reperirlo. Aveva il cellulare staccato. Era rientrato in ufficio da pochi giorni quando finalmente aveva risposto al suo invito a cena.

Quando il cameriere tornò al loro tavolo, Thomas ordinò altro cibo e continuò a mangiare, piccole porzioni che raccoglieva con le mani, *empanadas, Buffalo wings.* Anika era troppo tesa per mangiare, ma lui non parve farci caso.

«Muoio dalla voglia di *akra*» disse lui, forse ripensando alle frittelle di yucca che Anika gli cucinava spesso.

«Posso preparartele io» avrebbe potuto dirgli, ma si trattenne dal farlo. Proprio come non intendeva cedere al desiderio di invitarlo a casa sua. Chi le garantiva che avrebbe risposto di sì? Ci aveva messo mesi a risponderle al telefono.

«Mi manca quel genere di cibo» aggiunse lui.

«Prima stavi attento a quel che mangiavi» commentò Anika.

«Stavo attento a certe cose, e molto meno ad altre» chiosò Thomas. «E poi sei tu che hai deciso di venire qui. A volte mangiavamo anche schifezze. Non solo insalata.»

«Sì, ma non tutte in una volta» puntualizzò lei.

«Tu non mangi?» notò lui infine. «Bevi, allora. Il vino rende felici.»

«In questo momento la felicità è il mio ultimo pensiero» replicò Anika.

«Male» la rimproverò Thomas. «Non è questo che rappresentano i fuochi d'artificio? Il diritto americano alla felicità e a ogni cosa bella.»

Anika aveva iniziato a ritrarre uccelli antichi di milioni di anni perché non aveva idea di come disegnare o dipingere quello che desiderava raffigurare davvero: i terremoti. I suoi disegni nascevano come schizzi, ma non andava mai oltre. Quando si rappresenta un terremoto, si dipingono mostri di terra che fagocitano il suolo? Case distrutte? Corpi insanguinati e senza vita? Oggetti personali – magliette, abiti, scarpe, pettini e spazzolini – sparsi tra le macerie? Si dipingono cimiteri e lapidi e persone disperate che piangono su di esse? Si dipingono croci, fiori appassiti coperti di polvere, o fiori dai petali rosso fiammante, a simboleggiare la speranza? Si scrivono messaggi sulla tela, casomai a qualcuno sfuggisse il senso dell'opera? O si disegna l'uomo amato, la moglie morta, la figlioletta, anche lei morta? Un'opera banale e realistica basata su un'immagine trovata online, una riproduzione tanto fedele da poter essere scambiata per l'originale, solo che nei disegni i loro abiti d'alta moda diventavano piume e, private delle gambe e del viso, le due si trasformavano in uccelli.

Adesso avrebbe potuto dipingere un uomo che si abbuffava pentendosi di aver accettato un invito a cena rimandato troppo a lungo.

«Dove sei stato per tutto questo tempo?» gli domandò infine, casomai a un certo punto della serata si fosse dato alla fuga. «Hai promesso che stasera me lo avresti detto.»

Durante la telefonata di qualche giorno prima, Thomas le aveva garantito che a cena avrebbe potuto fargli tutte le domande che voleva. Allontanando il cibo, lui ridacchiò nervosamente, quindi disse: «Sto ancora facendo riabilitazione. E bazzico il manicomio. Eh, sì, passo il mio tempo in un manicomio».

«Un ospedale psichiatrico?»

«E abbiamo un vincitore.» Thomas alzò le braccia di scatto ed esultò in maniera sarcastica.

«Scusa,» disse lei «non lo sapevo.»

Anika fece per sfiorargli la schiena. Lui si ritrasse.

«Non dovevi saperlo» si schermì Thomas. «Non doveva saperlo nessuno.»

Quando la segretaria le aveva detto che Thomas era in terapia da qualche parte e non voleva parlare con nessuno, lei aveva pensato solo alla gamba amputata, alla protesi. Non aveva tenuto conto dei danni psicologici, del fatto che potesse essere così traumatizzato da aver bisogno di un altro genere di aiuto.

«Avevo conosciuto dei ragazzi a Port-au-Prince» disse lui piluccando altro cibo. «I loro corpi e quelli delle loro amanti sono stati trovati maciullati sotto le macerie dell'albergo. Che figura farei se, dopo che mia moglie e mia figlia sono state estratte a pezzi da sotto la casa dei genitori di lei e io ne sono uscito ancora vivo, continuassi a stare con te?»

Era questo il patto che aveva stretto nelle ore di attesa con qualsiasi dio avesse udito il respiro delle donne della sua vita affievolirsi assieme al suo, le spiegò. E al calare della notte, quando le scosse di assestamento erano continuate, e quando la moglie e la figlia si erano fatte silenziose nell'oscurità, aveva giurato che, se loro fossero sopravvissute e lui non fosse morto, non avrebbe più rivolto parola ad Anika.

Lei sollevò il calice e cercò di immaginare una versione spettrale e nebulosa di quella scena, della gamba di Thomas schiacciata sotto una trave, della moglie e della figlia che gridavano aiuto, poi perdevano sangue, forza, speranza e fiato. Quindi vide le persone che avevano scavato per salvarli trovando soltanto lui ancora vivo. Vivo per miracolo, come aveva detto la segretaria.

«Che figura farei se dopo tutto questo continuassi a venire a letto con te?» ripeté lui.

«Che figura *faresti*?» esclamò Anika prima di impedirsi di dire altro. Thomas credeva forse che il loro fosse un amore moralmente giusto? Altrimenti, come poteva spiegarsi il brivido di piacere che Anika aveva avvertito nell'apprendere che la moglie e la figlia erano morte? Era pura gioia quella che aveva provato? O era una versione differente della fantasia a cui si era abbandonata per quasi un anno, della sparizione della moglie e della figlia che le avrebbe permesso di prendere il loro posto?

«Non le avrei mai lasciate per te» proseguì lui come in risposta a quei pensieri. Si voltò verso la Causeway, i palazzi di vetro e i grattacieli il cui riflesso creava, all'addensarsi dell'oscurità, una città parallela sull'acqua. «E tu non eri l'unica» aggiunse Thomas, la voce sempre più fredda mentre proseguiva. «È giusto che tu sappia che ci sono state altre donne.»

Anika provò a parlare, ma le si spezzò la voce, e il suono

le scivolò giù in gola. Fatta eccezione per il bisogno di lasciarlo andare, quello che provava adesso era soprattutto vergogna. Thomas era diretto, a volte persino brusco, ma sapeva anche essere gentile, rammentò Anika a se stessa. Ripensò a quando si aggirava nel suo appartamento e si rivestiva in fretta e furia anche se in realtà avrebbe voluto restare.

«Altri cinque minuti» le diceva infilandosi sotto le coperte, e cinque minuti a volte diventavano cinque ore, ritardi che per essere giustificati alla moglie avevano richiesto bugie sempre più grosse con il passare del tempo. In quei frangenti Anika aveva avuto l'impressione che non sarebbe nato niente di concreto da quel tradimento, complicato dalla sua voglia di avere un bambino. Anche lui doveva averlo desiderato, si diceva, perché pur prendendo qualche blanda precauzione, Anika era rimasta incinta comunque.

«C'è qualcos'altro che vuoi sapere?» le domandò.

E *lui*? C'era qualcos'altro che voleva sapere? si interrogò Anika.

Thomas si torceva le mani, strofinandole una contro l'altra. Pareva nervoso, persino arrabbiato. Quell'improvviso malumore la atterriva. Forse non aveva ancora le rotelle a posto. O non era pronto a darle tutte le risposte. Probabilmente era per quello che si era tenuto alla larga da lei.

«Per piacere, non chiedermi se l'amavo» le disse. «Perché la mia risposta non ti piacerà.»

«È ovvio che l'amavi» replicò Anika.

«Allora cosa ci facevo con te?»

«Immagino che tu amassi anche me. Come si può non amarmi?» lo canzonò lei cercando di stuzzicarlo, e ridendo di se stessa.

Ma molti altri uomini non l'avevano amata, e nemmeno lei li aveva amati. Esigevano troppo tempo, troppo impegno.

Il loro desiderio di stabilità la spingeva a fuggire. Non appena manifestavano la volontà di andare a vivere con lei, trasferirsi, sposarsi, l'interesse di Anika scemava. Solo Thomas aveva fatto eccezione, solo lui. Nel suo caso l'interesse non aveva mai vacillato.

La notte del terremoto, nell'atrio del college, il cantante Roro aveva chiesto se qualcuno avesse una corda. Nessuno ce l'aveva, ma alcuni uomini avevano offerto le cravatte e alcune donne i foulard. Roro aveva chiesto aiuto per annodare insieme le cravatte e i foulard fino a formare un cerchio delle dimensioni di una tovaglia al centro della stanza.

«Questo ora è l'epicentro del terremoto» aveva spiegato Roro. «E noi lo riempiremo con il nostro amore.»

Non era esattamente quello che Anika voleva o di cui aveva bisogno. E quasi tutti erano sembrati delusi quanto lei che Roro non avesse elaborato una cerimonia più ricca di senso, con preghiere uniche e particolari, inni o salmi da recitare, o ritornelli confortanti da intonare in coro. Quella doveva essere una *porta fidei* spontanea, una transitoria porta della fede, un santuario improvvisato. Quell'epicentro simbolico di cravatte e foulard le appariva obsoleto, vuoto, artefatto. Ma era un incantesimo provvisorio, almeno finché non si fosse rievocata nel dettaglio qualche cerimonia più antica o non se ne fosse inventata una nuova. Un altro genere di sacerdote, cantore, parroco o laico avrebbe officiato un rito diverso, ma il fondamento sarebbe stato il medesimo: tentare, soltanto con la volontà e il desiderio, di alterare qualcosa di ineluttabile.

Uno degli studenti era uscito ed era tornato con una bottiglia di rum haitiano e, mentre lo versava al centro del cerchio, Roro aveva incitato tutti a salmodiare: «*Pou sa n pa wè yo*».

Anche Anika si era unita al coro, muovendo solo le labbra, senza volerlo davvero: «*Pou sa n pa wè yo*. Per coloro che non vediamo. Per coloro che non sono qui».

Il ristorante era gremito e le visite del cameriere al loro tavolo si diradarono. Ora, più che mangiare, bevevano. La bottiglia di vino era quasi vuota.

A detta della segretaria, i vicini dei suoceri di Thomas avevano un armadietto dei liquori ben fornito che, chissà come, era sopravvissuto alle scosse. Avevano portato tutto ciò che avevano all'ospedale da campo dove a Thomas era stata amputata la gamba all'altezza della rotula. Prima che un amico chirurgo gli tagliasse l'arto sinistro maciullato, Thomas aveva tracannato una bottiglia di scotch invecchiato trent'anni. Non c'era speranza di salvare la gamba e non c'era abbastanza tempo per aerotrasportarlo, né per trasferirlo in un ospedale fuori dal paese per una procedura più sterile.

«Quando mi hai chiamato, hai detto che avevi un regalo per me.» Thomas la guardò di nuovo, e stavolta i suoi occhi le parvero più familiari, carichi di malizia e desiderio. Si comportava come se quello che aveva appena detto, ossia di non aver mai avuto intenzione di lasciare la moglie e di aver frequentato altre donne, non contasse niente. Tese le mani verso di lei, come se Anika potesse far apparire il regalo per magia. Lei lasciò che le sue mani rimanessero sospese a mezz'aria finché Thomas non le ritrasse e se le infilò in tasca.

In passato, quando andava in quel ristorante con lui, si rammaricava di non averlo incontrato prima che conoscesse sua moglie. A quel punto, però, la moglie sarebbe stata lei e Thomas l'avrebbe tradita, e non con una donna sola, come aveva precisato, ma con molte altre. Anika comunque non credeva che Thomas avesse avuto altre donne al di fuori di lei e la moglie. Se fosse stato vero, non se lo sarebbe lasciato scappare in quel modo.

«Perché volevi vedermi?» le chiese.

Anika desiderava formulare una risposta ragionevole, del tipo: «Volevo darti un regalo. Volevo anche raccontarti del bambino mai nato, dello spirito di nostro figlio. Pensavo che vedendoti mi sarei resa conto che per nessuno vale la pena desiderare la morte di due persone».

Il regalo era nel suo appartamento. Aveva immaginato di chiedergli di aspettare in macchina e di portarlo giù prima di dirgli addio una volta per tutte. Non voleva assistere alla sua reazione. Non voleva sapere se lo avrebbe tenuto o gettato via.

«Volevo vederti perché pensavo che dovessimo finirla di persona» gli rispose Anika.

«È finita quando loro sono morte» precisò lui. «Dovevi saperlo. Non c'era bisogno di vedersi per dircelo.»

Rovesciò la testa all'indietro offrendole la gola come per lasciarsi sgozzare, poi si strinse il collo con le mani come a proteggersi. Rivederla, Anika lo sapeva, per lui era un tormento. Lei era una dei tanti torti per cui difficilmente si sarebbe perdonato. Anika lo aveva percepito anche nei mesi precedenti quando continuava a telefonargli, sia per porgergli le condoglianze sia per dirgli del figlio, e lui non le rispondeva.

Non era stato così devastante, come aborto. Quel pomeriggio dopo la lezione Anika si sentiva stanca e, mentre il sole tramontava sulla baia, si era appisolata. Qualche ora dopo si era svegliata con dei crampi addominali così forti che sembravano pugni nei reni. Dapprima aveva avuto delle perdite leggere, a cui erano seguiti grumi di sangue, infine aveva avuto un'emorragia vera e propria. A mezzanotte era corsa al pronto soccorso più vicino e alcune ore dopo le era stato comunicato che aveva avuto un aborto "inevitabile".

«Perché inevitabile?» aveva chiesto al giovane ed esausto ginecologo del turno di notte.

«È il termine medico» le aveva spiegato. «La cervice era dilatata e il feto non aveva battito. Non c'era altro esito possibile.»

Lo spettacolo pirotecnico del quattro luglio stava per cominciare. Alcuni degli ospiti si erano avvicinati alla parete a vetri. Altri erano saliti sulla terrazza sul tetto. Anika gli porse la mano per aiutarlo ad alzarsi. Thomas si drizzò in piedi più velocemente di quanto lei avesse previsto. Spinse da parte il tavolo di cassette, incamminandosi per primo. Quando raggiunse la vetrata, formò un triangolo con la schiena, la parete di cemento e il vetro. Poi si fece da parte e le permise di scivolare tra le sue braccia, mentre altre persone si accalcavano per vedere lo spettacolo.

I fuochi d'artificio iniziarono con una stella rossa che scoppiò tracciando scie dei colori della bandiera americana. Le ginocchia di Thomas cedettero contro quelle di Anika. Il suo corpo si contrasse. Le cinse la vita, non tanto per abbracciarla quanto per tenersi in piedi. Tremava. Le sue labbra frementi sfiorarono l'orecchio di Anika. Disse qualcosa che lei non riuscì a comprendere. Poi le schiacciò le mani sulla spalla e la fece voltare.

«Si muove tutto» le gridò all'orecchio.

Aveva il viso madido di sudore, il fiato corto. L'edificio, ora lo sentiva anche lei, vibrava sotto i botti dei fuochi d'artificio, sempre più ravvicinati e spettacolari. Anika temeva che il vetro non reggesse e che lei, Thomas e tutti gli altri sarebbero precipitati da lassù sfracellandosi nella baia.

«Devo andarmene da qui» le disse lui muovendo soltanto le labbra. Avrebbe gridato, ma le parole gli restavano intrappolate in gola.

«Torniamo al tavolo» suggerì lei.

Tenendolo per tutte e due le mani, Anika lo guidò lontano dalla vetrata. Le persone più vicine si accorsero che qualcosa non andava e si fecero da parte per lasciarli passare. Thomas tenne le mani nelle sue mentre si lasciava ricondurre al tavolo.

Anika fece cenno a un cameriere di portare subito dell'acqua, e questi tornò con una bottiglia. Thomas provò a controllare l'affanno inspirando profondamente dal naso e soffiando via l'aria dalla bocca. Evidentemente non era la prima volta che gli capitava.

Mentre Anika gli versava un bicchiere d'acqua, lui riprese abbastanza fiato da dire: «Se fossimo in un ristorante haitiano, mi verserei l'acqua sulla testa».

«Perché haitiano?» chiese lei.

«La mia gente capirebbe.»

«Chi ti impedisce di farlo anche qui?» domandò Anika.

Lanciando un'occhiata alla bottiglia e al bicchiere pieno sul tavolo, lei lo provocò: «Ti sfido».

«Fai sul serio?»

Lui prese il bicchiere, poi lentamente si versò l'acqua sulla testa calva. Mentre l'acqua gli grondava sul viso, Thomas cercava di fermare qualche goccia con la lingua prima che gli colasse sul mento e quindi sul davanti della camicia.

«Ora tocca a te» la sfidò lui di rimando, senza curarsi di asciugare l'acqua caduta.

«Sei impazzito?» chiese Anika.

«A quanto pare.» Le inclinò la bottiglia sopra la testa, in attesa che lei gli facesse capire se versarla o meno. Lo spettacolo pirotecnico era finito e alcuni degli avventori stavano facendo ritorno al loro tavolo.

«Se proprio devi farlo, fallo» gli disse Anika.

L'acqua gelata le cadde sui capelli, appiattendoli. Le grondò sulle spalle nude, dentro il reggiseno e lungo l'addome.

«Va bene, ora puoi smettere» gli ordinò lei asciugandosi il viso con le mani. Quando Thomas mise giù la bottiglia, era vuota.

Anika si detestava per la felicità che provava lì seduta, bagnata fradicia nell'abito nuovo. Ora i due offrivano uno spettacolo per gli altri clienti, alcuni che guardavano con invidia la loro apparente *joie de vivre* e altri con netta riprovazione. Anika si disse che adesso Thomas aveva bisogno di lei in modo diverso, per essere protetto da rumori forti e palazzi traballanti, per essere tenuto alla larga dal manicomio, come lo chiamava lui. Ma nemmeno quella scusa stava in piedi. Anika gli era accanto, proprio come in passato, perché voleva starci. E forse nessuno dei due era degno di momenti come quello, nondimeno Anika ne desiderava ancora.

Il cameriere si avvicinò e consegnò loro qualche altro tovagliolo di stoffa.

«Scusa se prima mi sono lasciato prendere dal panico.» Thomas si incupì di nuovo, ma comunque non come quando era fuggito dai fuochi d'artificio. «Mi sono sentito come Qadine a Bayfront Park l'anno scorso.»

Qadine era il nome di sua figlia. Dina quello di sua moglie. Era la prima volta che Thomas chiamava la figlia per nome davanti a lei.

«Mi scoppiava la testa» aggiunse poi.

«Non sapevo cosa fare con te» si giustificò Anika.

Il cameriere tornò con il conto. Thomas insisté per offrirle la cena e lasciò una lauta mancia.

«Allora cosa farai ora con me?» le chiese.

Erano ancora grondanti quando percorsero i tre isolati fino all'appartamento di Anika. Le strade erano invase dalla folla che aveva assistito allo spettacolo pirotecnico e a causa della ressa, insieme all'incedere lento di Thomas, la durata di quel breve tragitto raddoppiò.

Quando Thomas entrò nell'appartamento sembrava rilassato, lo stesso quando esaminò il salotto disordinato, la libreria stracolma di volumi, il vecchio divano grigio e il canapè, e la coppia di sobrie lampade da terra.

«Vuoi qualcosa da bere?» gli chiese Anika.

«Basta che non sia acqua» rispose Thomas.

Da qualche parte in cucina c'era ancora la bottiglia di Pinot nero cileno del loro ultimo appuntamento. A Thomas era piaciuto tanto che aveva convinto la cameriera a vendergliene una bottiglia a un prezzo esoso. Lo aveva lasciato nell'appartamento di Anika con l'intenzione di berlo in occasione di un incontro futuro, che non era mai avvenuto.

Anika stava pensando se offrirgli quella bottiglia o meno, quando lui disse: «Non importa. Credo di averne avuto abbastanza, di liquidi, per stasera». Poi Thomas iniziò a spogliarsi. Si sbottonò e si sfilò la camicia umida, poi la canottiera bianca, che gettò sul pavimento. Si slacciò la cintura e si calò i pantaloni.

«Vuoi che li metta nell'asciugatrice?» chiese lei chinandosi per raccoglierli.

«Non importa.» Il suo tono risoluto la persuase a lasciar cadere i vestiti.

Ora, con addosso solo i boxer a fantasia scozzese e i pantaloni arrotolati alle caviglie, Thomas si abbassò per sedersi sulla moquette. Il suo corpo era completamente scarificato, notò Anika, soprattutto l'addome e le cosce, nei punti in cui era stato ferito, graffiato, trafitto, o aveva perso strati di epidermide. Seduto sul pavimento, estrasse prima la gamba integra e poi quella amputata dai pantaloni.

La protesi sembrava identica all'altra gamba, la superficie scura riproduceva l'aspetto della pelle vera. Thomas torse quello che le parve un calco di silicone, girandolo da una parte e poi dall'altra, infine staccandolo dal ginocchio. Venne via con uno sbuffo, il suono contrario a quello di un risucchio. Sotto c'era un bitorzolo di carne scura, percorso da cicatrici che parevano essere state procurate con le graffette.

«Volevi vederla» disse lui. «Se non ho capito male.»

Anika non si aspettava di *vederla* in quel modo. Scivolò giù e si sedette al suo fianco, la gamba amputata che giaceva inerte in mezzo a loro sulla moquette. Sentì il respiro di Thomas accelerare; stavolta, forse, per l'imbarazzo o per l'autocommiserazione.

«Posso toccarla?» gli chiese.

Thomas non disse nulla, così Anika tastò delicatamente l'estremità stondata, quindi fece passare il palmo sulla pelle butterata che ospitava la rotula. In alcuni punti la protuberanza era liscia come vetro, in altri spugnosa, come mollica di pane fresco. Anika aveva paura di toccare i punti di sutura che, a causa dei fini lembi di pelle che spuntavano in mezzo, facevano apparire il resto della gamba non ancora del tutto guarito.

«Visto abbastanza?» le domandò.

Thomas non attese una risposta. Scacciò la mano di Anika, afferrò la protesi e spinse, o così le parve, il pezzo mancante contro la gamba, e con uno schiocco tutto tornò rapidamente a posto. Poi si rimise gli abiti bagnati, con maggior lentezza rispetto a quando se li era tolti. Prima i pantaloni, poi la canottiera e infine la camicia.

Quando si fu rivestito, si appoggiò al muro e si alzò. Anika fece lo stesso.

Come poteva aver pensato che quel regalo ridicolo costituisse una compensazione per ciò che Thomas aveva perso? Un piccolo disegno a matita di sua moglie e sua figlia in forma di uccelli, uccelli in posa, non in volo, uccelli con volti e gambe umani, lo studio dal vivo di una natura morta. Rappresentata su uno sfondo marrone scuro e rosso, la moglie era un mango delle Antille con le piume della coda iridescenti e le ali verde smeraldo; la figlia, un colibrì gola rubino dal corpo dorato.

Il regalo era sul tavolinetto accanto al divano. Anika

andò a prenderlo e glielo consegnò. Mentre Thomas apriva la carta da pacchi, lei pensò che il quadro sembrava adatto a un reliquiario ancestrale. Thomas lo guardò e inclinò la testa come in cerca della conferma di cosa stava vedendo. Poi, quando capì, rimase a bocca aperta.

«Cos'è?» le chiese.

«Un'espressione di rammarico» rispose Anika.

Si rese conto che non solo l'avergli regalato quel disegno ma anche il semplice fatto di averlo realizzato lo lasciava confuso. Non era quella la sua intenzione. Voleva che fosse un ricordo della moglie e della figlia. Ma era troppo presto.

Thomas la trasse vicino affinché potessero contemplare l'opera dalla solita angolazione.

«Sai che è strambo di brutto, vero?» le domandò.

Anika dovette ammettere che sia l'intento sia l'esecuzione rasentavano la follia pura. Forse Thomas non era l'unico ad aver bisogno di stare in un ospedale psichiatrico. Anika alzò lo sguardo e osservò il lato del suo viso; Thomas sembrava sul punto di scoppiare a ridere.

«Se vuoi fare qualcosa per me, disegnami un ritratto di loro tra parecchi anni» disse lui dopo essersi ricomposto. «Come quando sparisce un bambino e la polizia fa circolare ritratti di lui da adulto.»

Thomas stava parlando di elaborazione digitale delle immagini, di software d'invecchiamento artificiale. Anika aveva dedicato l'ultima lezione al Miami Dade a parlare di scienza forense e della professione di disegnatore di tribunale come possibile sbocco di lavoro per i suoi studenti. Anche se lei non l'aveva mai fatto di mestiere, una volta aveva mostrato a Thomas di essere in grado di ritrarre chiunque all'età attuale e in età più avanzata, senza nemmeno guardare il foglio. Stava per dirgli che poteva procurarsi un software capace di mostrargli ciò che desiderava vedere: bastava caricare qualche fotografia sul computer e impostare l'età desiderata. Ma poi pensò a quanto sarebbe stato confortante disegnare sua figlia da adulta, eliminare la pinguedine infantile, definire la mascella, allungare il collo, tendere il suo corpo in altezza e in seguito attribuirle un seno appena accennato. Poi dare qualche anno in più alla moglie. Aggiungere qualche ciocca grigia tra i suoi capelli, disegnarle le rughe intorno agli occhi, incurvarle le spalle e arrotondare le forme del suo corpo.

«Non devi farlo adesso» le disse lui con gli occhi ancora fissi sui loro volti piumati. «Potrei richiedertelo fra un paio d'anni. O magari in seguito.»

Era forse un modo per farle capire che in futuro avrebbero fatto ancora parte della vita l'uno dell'altra?

«Devo andare» disse infine Thomas restituendole la cornice. «Grazie per stasera.»

Anika appoggiò il disegno sul tavolinetto dove era rimasto per tutto il pomeriggio, da quando lo aveva impacchettato, quindi lo accompagnò alla porta. La aprì e strinse forte la maniglia mentre Thomas si apprestava a uscire. Prima che superasse la soglia, lei gli chiese: «Tua moglie sapeva di noi?».

Lui si voltò verso di lei e annuì.

«Glielo avevi detto tu?»

«Ci aveva visti» rispose Thomas. «Al ristorante, l'ultima sera. Aveva capito che ci andavo spesso. Era venuta a controllare cosa ci facevo.»

Anika si vergognò come non mai. Era anche sbalordita che la donna non li avesse affrontati e non avesse piantato una scenata.

«Il viaggio a Haiti era per rimettere le cose a posto» proseguì lui. «Volevamo provare a salvare il nostro matrimonio in un contesto familiare. Avere la famiglia intorno ci aveva sempre fatto sentire più vicini.»

«Volevi mettere le cose a posto con Dina?» incalzò lei.

Sentir uscire il nome della moglie dalle labbra dell'amante parve lasciarlo di stucco, come se non sospettasse lontanamente che Anika lo conosceva.

A quel punto le venne in mente di dirgli del bambino, ma ci ripensò. Gli avrebbe causato solo un altro dolore, un altro lutto. O forse si sarebbe sentito sollevato nel sapere che non avrebbe dovuto essere di nuovo padre, essere legato a un'altra donna attraverso un figlio.

Thomas le diede le spalle e, con il collo piegato come un arco, avanzò verso il pianerottolo. Compensò il lieve squilibrio della protesi appoggiandosi eccessivamente al fianco opposto, un modo di incedere che lo faceva apparire instabile, più di quanto avesse notato Anika al suo arrivo. Guardandolo zoppicare in direzione dell'ascensore, Anika si chiese come facesse ad andare avanti da solo. Ma poi ricordò che ormai Thomas viveva senza di lei da mesi.

Al chiudersi delle porte dell'ascensore, e allo svanire di qualsiasi possibilità di un ripensamento, Anika tornò in casa. Cercò e trovò la vecchia bottiglia di Pinot nero in uno degli armadietti della cucina e la portò, insieme al disegno, sulla terrazza.

Posò il ritratto di Qadine e Dina in forma di uccello su una delle sedie da esterno e, prendendo posto al loro fianco, guardò verso la Causeway e la lunga colonna di macchine di ritorno da barbecue all'aperto e dagli spettacoli pirotecnici.

«Dovrete prendervi cura l'una dell'altra» disse al disegno.

Avrebbe voluto che si prendessero cura anche del bambino. Nemmeno suo figlio sarebbe mai invecchiato. Suo figlio non sarebbe neanche mai stato visibile. Avrebbe voluto che tutti e tre, Qadine, Dina e il bambino nato troppo presto per avere un nome, contemplassero lo stesso riflesso dello skyline che lei stava vedendo in quel momento. Avrebbe voluto che tutti e tre, i suoi angeli della storia, ammirassero insieme quella città liquida sulla baia.

Stappò il vino, rovesciò la testa all'indietro e bevve un lungo sorso dalla bottiglia. Il vino sapeva di aceto frizzante. Le bruciò la lingua e la gola quando si costrinse a deglutire. Era imbevibile. Ripensò a Roro e al rum versato, e svuotò il resto della bottiglia sul cemento della terrazza. Era così rancido che si aspettava avrebbe avuto l'aspetto di sangue schiumoso, invece era marrone scuro, come pelle disciolta.

Mentre osservava il vino assottigliarsi e spandersi intorno ai suoi piedi, Anika sussurrò, come aveva fatto la notte del terremoto insieme a Roro e a tutti gli altri: «*Pou sa n pa wè yo*». Per coloro che non vediamo. Per coloro che non sono qui.

Mongolfiere

La mia compagna di stanza, Neah, lasciò l'università dopo il primo semestre del primo anno per lavorare a tempo pieno per la Leve, un'organizzazione in difesa delle donne che gestiva, tra le altre cose, un centro di recupero per vittime di stupro in un quartiere povero di Port-au-Prince. Dopo una settimana di viaggio a Haiti per le vacanze del Giorno del ringraziamento con la Leve, Neah inviò una mail di gruppo, i cui destinatari comprendevano anche i genitori, me e alcuni dei suoi professori, per informarci che sarebbe tornata a Miami ma non avrebbe ripreso gli studi.

Il padre di Neah era il dottor Frank Asher, illustre etno-linguista trinidadiano e direttore del dipartimento di Studi caraibici. Era un uomo esile e dai lineamenti infantili, le guance rubizze e una spolverata di efelidi. In effetti somigliava moltissimo a Neah, per gli zigomi alti e la pelle bronzea che talvolta parevano sparire, insieme a Neah stessa, sotto gli scuri pantaloni di seconda mano dal taglio largo e la giacca ispirata all'uniforme di una banda musicale. Non fosse stato per gli occhiali dalla fragile montatura metallica che Neah sosteneva di non essere mai riuscita a convincerlo a cambiare e un cappotto firmato a fantasia scozzese che Neah aveva soprannominato il pastrano del vecchio, il dottor Asher sarebbe passato come il figlio di gran parte dei suoi colleghi. E in verità era più giovane di molti di loro. Lui e la madre di Neah, un'economista, si erano sposati durante il primo anno di specializzazione. Neah era nata quasi subito ed era stata, o così credeva lei, la causa del loro divorzio. Eppure, quando il dottor Asher aveva suggerito alla figlia di rifiutare l'ammissione al college, uno dei tanti, dove insegnava la madre nella parte nord dello stato di New York – nella cittadina dove Neah aveva passato gran parte della sua infanzia – per frequentare il college di Miami in cui il padre era una personalità in vista, lei aveva deciso di dargli una possibilità.

Il dottor Asher sedeva ora sul letto di Neah e si massaggiava la fronte in silenzio come se si aspettasse di vederla spuntare dalla porta. Il messaggio di congedo di Neah lo aveva sconvolto al punto di spingerlo a venire nella nostra stanza per parlare con me di persona, ma non si stava rivelando troppo loquace.

La stanza mia e di Neah era più spaziosa di quelle degli altri studenti al primo anno, con due letti singoli anziché tre, un armadio in comune e due cassettoni, uno per ciascuna di noi, ai capi opposti della camera. Accanto a ogni letto c'era una scrivania sormontata da mensole. Tra i miei libri e i miei quaderni aperti, e gli incarti vuoti delle merendine, c'era una fotografia di me e dei miei genitori che mamma e papà avevano insistito per scattare il giorno prima del mio trasferimento all'università, davanti a una fila di negozi. Tenevo quella foto sulla scrivania così che, quando mi sedevo per studiare, pensavo sempre ai miei genitori. Vederci tutti e tre, papà nell'abito color carboncino, la mamma con il vestito rosa a balze e io con il lungo camicione a fiori, tutti con il viso a cuore illuminato da un sorriso, mi ricordava sempre che non potevo permettermi di fallire.

Neah non aveva fotografie né poster nella sua metà della stanza. Pensava che le fotografie stampate fossero roba antiquata. I volti di tutti quelli a cui voleva bene, compresi amici, genitori e altri parenti di New York, erano sul suo cellulare. A parte quel ritratto di famiglia, io non avevo altre fotografie in mostra. Ritenevo che le pareti bianche avessero un effetto consolatorio su di me quando mi sentivo triste, stanca, o semplicemente fantasticavo a occhi aperti. A differenza di gran parte delle nostre compagne, non avevamo un frigorifero o un microonde in camera. Neah era una maniaca dell'ordine, e io ero abituata a possedere solo gli oggetti che avrei potuto infilare in una valigia e portare via in un battibaleno.

Il letto di Neah era fatto alla perfezione, le lenzuola ben rincalzate e i cuscini sprimacciati, proprio come lo aveva lasciato il mattino in cui il dottor Asher l'aveva accompagnata all'aeroporto per il viaggio a Port-au-Prince, una settimana prima. I libri che Neah aveva dimenticato erano in una pila ordinata sulla scrivania. Il dottor Asher ne prese alcuni e li sfogliò distrattamente. Indugiò su un volume di poesia intitolato *Illuminazioni*, soffermandosi a leggere qualche pagina in silenzio.

Poco prima di partire, Neah si era dedicata alle opere del poeta francese Arthur Rimbaud, che pronunciava "Rambo". Mi aveva confidato che era "galvanizzata" dalle possibilità che alcune delle poesie le avevano rivelato. Intendeva iscriversi ai corsi di francese a primavera in modo da aggirare la traduzione e poter leggere Rimbaud in originale. Aveva detto che avrebbe passato il terzo anno a Parigi, che poi avrebbe preso un dottorato in letteratura francese e avrebbe scritto la tesi sui simbolisti, concentrandosi appunto su Rimbaud.

«Lucy» disse il dottor Asher. «Anche tu sei responsabile per quel che è accaduto.» Chiuse *Illuminazioni*, ma continuò a tenerlo in mano senza posarlo. La sua voce era limpida, risoluta e misurata, e doveva essere così che si rivolgeva ai suoi studenti in classe. «Potresti andare laggiù e convincere mia figlia a tornare all'università? Non risponde alle mie telefonate.»

Neah aveva scoperto la Leve, l'organizzazione in difesa delle donne, da me. Oltre a studiare, lavoravo per venti ore alla settimana nell'ufficio Occupazione e Volontariato, e una delle prime cose che avevo visto sulla bacheca era un volantino con il logo della Leve, la sagoma di una donna e di una ragazza che contemplavano un cielo tutto buio dove brillava una stella. Sul volantino c'erano fotografie a colori di donne haitiane denutrite che somigliavano a mia madre, alcune che trasportavano pesanti secchi d'acqua in bilico sulla testa mentre percorrevano sentieri di campagna, altre accovacciate sulle rive di un fiume a lavare i panni, altre ancora che vendevano pezzi di carne infestata dalle mosche in un mercato all'aperto. In fondo al volantino, a fianco dell'invito a partecipare al viaggio di una settimana per il Giorno del ringraziamento, c'era l'immagine di una ragazza in un letto d'ospedale, la faccia tumefatta, gli occhi gonfi.

Avevo aspettato che nessuno mi vedesse e avevo strappato il volantino dalla bacheca, in parte perché temevo che le persone associassero la faccia deturpata di quella ragazza alla mia, dal momento che mi consideravo, anche se non ero nata laggiù, una persona "a sinistra del trattino" haitiana. Dov'erano le spiagge paradisiache dalla fine sabbia bianca di cui sognavano e parlavano sempre i miei genitori, e che avevo visto su internet? Dov'erano le vette rugiadose di Haiti, il paese delle montagne? Dov'era Citadelle Laferrière, una delle fortezze più grandi del mondo? Dov'erano le grotte e le spelonche, le cascate, le cattedrali, le chiese, i templi vudù, i musei e le gallerie d'arte che gli studenti universitari avrebbero potuto visitare?

Quella sera avevo parlato a Neah del volantino e della

mia indignazione. Era così silenziosa che pensavo si fosse addormentata. Dopo una lunga riflessione, e con un fil di voce, visto che era molto tardi, aveva detto: «È davvero interessante. Credo che andrò».

«Io non ci andrei mai» avevo replicato. Quello che intendevo era che non sarei partita senza i miei genitori, ma non lo avrei mai ammesso.

Non mi stupiva che Neah volesse partecipare al viaggio organizzato dalla Leve. Aveva girato il mondo con i genitori, anche dopo il loro divorzio.

Io avevo avuto un'infanzia molto diversa da quella di Neah. I miei genitori si erano conosciuti mentre viaggiavano lungo le coste della Georgia e della Florida per raccogliere arance, fragole, mirtilli, lattuga, pomodori e mais. A quel che ricordavo, avevamo sempre dormito negli alloggi degli agricoltori, ossia su letti a castello, a volte brande sul retro di stalle e fienili dove c'erano solo delle sottilissime tavole di legno a separare me e i miei genitori dalle bestie. Avevamo vissuto anche in bivacchi sulla terra battuta, in "dormitori" che sembravano costruiti per detenuti ai lavori forzati, e in stanze di motel a prezzi esorbitanti con le finestre dai vetri rotti, la moquette sudicia e la carta da parati che si scrostava dai muri.

Ogni volta che ci trasferivamo in un posto nuovo, i miei genitori mi iscrivevano in una scuola diversa. Impiegavo qualche settimana ad ambientarmi, mi facevo qualche amica, e poi dovevamo ripartire. Molti dei bambini più grandi che venivano a scuola con me abbandonavano gli studi e finivano per diventare raccoglitori stagionali, come i loro genitori, per guadagnarsi da vivere, ma i miei non me lo avrebbero mai permesso. I campi facevano per loro e non per me, diceva mio padre. Se fossi finita a lavorare con loro sarebbe stato come lavarsi le mani e asciugarle nella terra, diceva la mamma.

Tutte le sere, dopo il lavoro, mio padre mi correggeva i compiti, che fingeva di comprendere anche quando erano fuori dalla sua portata. Tutti i giorni la mamma mi ricordava di studiare sodo e di realizzare qualcosa nella vita, per evitare di restare incinta a sedici anni o di diventare una bracciante a mia volta. Il mio sogno era sempre stato quello di avere una dimora fissa e di vivere in un posto solo.

Il luogo che più mi trasmetteva la sensazione di casa, e dove i miei genitori facevano ritorno per il raccolto estivo, era un campeggio a Belle Glade in Florida dove, quando eravamo fortunati, potevamo affittare una roulotte di due stanze al riparo dall'afa e dai rumori del parcheggio, nei pressi di un canale che scorreva sul fondo, in un punto in cui, quando pioveva, al posto dell'odore acre dell'asfalto si sentiva il petricore salire dalla terra. Era a Belle Glade che tutte le estati frequentavo un programma di sei settimane per figli di immigrati, una specie di corso intensivo grazie al quale recuperavo tutto ciò che mi ero persa nei trasferimenti da una scuola all'altra mentre i miei genitori inseguivano le stagioni dei raccolti, a volte anche quattro o cinque volte all'anno. Il campo estivo dimostrava a noi piccoli partecipanti, un centinaio circa di bambini, che nei giardini botanici che visitavamo le piante potevano essere coltivate semplicemente per la loro bellezza, e che alcune persone possedevano oggetti antichi o nuovi che venivano esposti in musei o gallerie. Avevo imparato a nuotare nella piscina della scuola superiore dove si teneva il programma. Assistevamo a concerti e spettacoli teatrali. Ci insegnavano a superare i test e ci incoraggiavano a sognare di andare all'università.

Ricordo di aver sentito Neah singhiozzare al buio quando le avevo raccontato tutto questo durante il primo giorno della settimana di orientamento e la nostra prima notte in quella camera.

«Visto? Non a caso siamo state messe insieme» mi aveva detto dopo essersi ricomposta. «Anche gli "accademici" sono dei migranti, solo di un genere diverso.»

«Neah starà benissimo» assicurai al dottor Asher quella sera, prima che uscisse dalla nostra stanza con la copia di *Illuminazioni*. «La troverò, e parlerò con lei.»

A differenza del ristorante e del barbiere haitiano dal cui ingresso, attraversato da un flusso continuo di persone, si diffondeva una vivace musica *konpa* e *raisin* propagata da enormi casse rivolte verso la strada, l'ufficio a vetri della Leve era silenzioso. Le pareti, visibili dalla strada, erano tappezzate da altre fotografie di donne tristi ma anche donne speranzose, gli occhi puntati verso l'obiettivo come raggi laser. Scorsi Neah e un'altra donna di profilo che lavoravano alle scrivanie, una dirimpetto all'altra. Nonostante ci fossero ventisette gradi e più, Neah indossava una pesante giacca marrone che sembrava più vecchia di lei. Probabilmente l'aveva presa in uno dei punti vendita dell'Esercito della Salvezza o da Goodwill, negozi dell'usato da cui proveniva gran parte del nostro guardaroba, il mio per necessità, il suo per scelta. Aveva il viso più scarno rispetto a una settimana prima, quando l'avevo vista per l'ultima volta. Era piegata in avanti, in una posizione apparentemente scomoda, visto che la sua schiena disegnava una curva secca.

Rimasi a spiarla per tutta la mattina dal tavolo traballante fuori da un bar sul lato opposto della strada. Neah non staccava gli occhi dallo schermo del computer. Finalmente si alzò dalla scrivania, andò verso la postazione della collega e scambiò qualche parola con lei. Poi uscì in strada, dove estrasse una sigaretta dalla tasca della giacca e richiuse le mani a coppa intorno alla bocca per accenderla. Ignoravo che fumasse, ma in ogni caso poteva averlo fatto senza che io mi accorgessi di niente.

Finii il caffè, quindi attraversai la strada trafficata. Speravo ancora di poter dare una parvenza fortuita al nostro incontro.

«Ciao, Né» esclamai quando lei alzò lo sguardo e mi vide.

«Ciao» rispose Neah distrattamente lisciandosi il seno piatto.

Sembrava mi aspettasse. Aprì una mano, vi sputò, spense la sigaretta nella saliva, quindi infilò il mozzicone umido nella tasca della giacca.

«Mi pare di capire che hai ricevuto la mia e-mail» affermò.

«Quindi sei stata laggiù una settimana e ora è questo che vuoi fare nel resto della tua vita?» le domandai.

Neah si voltò a guardare l'ufficio e sospirò. Aveva lasciato uno dei cassetti della scrivania aperto e pareva combattuta tra tornare a chiuderlo e rimanere lì a parlare con me.

«Come stai?» le chiesi.

Evitò il mio sguardo e, seguendo i suoi occhi, scorsi un fox terrier che dormiva legato a un parchimetro davanti al bar dall'altra parte della strada. Il cane era quasi tutto bianco, tranne per qualche macchiolina nera. Supposi che Neah stesse guardando l'animale.

Mi tornò in mente di averle raccontato, durante una delle nostre conversazioni notturne, che l'estate del mio quindicesimo compleanno avevo convinto mio padre a lasciarmi prendere il patentino per principianti. Papà aveva comprato una vecchia station wagon con oltre trecentomila chilometri e mi aveva insegnato a guidare.

Una domenica pomeriggio guidavo sul limitare di uno dei molti campi di canna da zucchero di Muck City con mio padre sul sedile passeggero e mia madre seduta su quello posteriore. Ci stavamo avvicinando a una teoria di case lunghe e strettissime sulla sponda di un canale, quando un pitbull color fegato era saltato fuori dal nulla ed era corso davanti all'auto. Avevamo i finestrini abbassati perché l'auto non aveva l'aria condizionata.

Quando avevo investito il cane avevo udito il colpo, un lungo guaito, poi un uggiolio supplichevole mentre le ruote anteriori e posteriori gli passavano sopra. Mi ero fermata e avevo controllato guardando negli specchietti laterali. Il corpo del cane era immobile e pareva maciullato, ma non vedevo sangue perché forse la pelliccia lo aveva assorbito. Sapevo che era un pitbull perché alcuni dei nostri vicini al campeggio avevano un cane di quella razza. Un paio di ragazzi del programma estivo li aizzavano a combattere nei campi di canna da zucchero. Non avevo mai avuto il coraggio di assistere a quegli incontri, ma molte delle altre ragazze ci andavano e scommettevano sui combattimenti.

Mio padre era stato colto dal panico e mi aveva detto di dare gas.

«Non possiamo lasciarlo qui» avevo protestato.

«Cosa ci fai con un cane morto?» aveva chiesto mia madre.

Mentre esitavo, il motore dell'auto si era spento. Mio padre era sceso ed era corso al volante. Ero scoppiata a piangere mentre saltavo sul sedile passeggero prima che mio padre mettesse in moto e si allontanasse a tutta velocità.

«Avremmo potuto portarlo da un veterinario» avevo insistito.

«Piantala di dire stupidaggini» aveva sbottato mia madre. «Hai tu i soldi, per caso? E poi se è fortunato morirà presto. Chissà cosa ci avrebbero fatto i proprietari se ci avessero trovati lì. Se ci avessero ammazzati per quel cane, nessuno avrebbe versato neanche una lacrima per noi.»

Ricordavo di aver raccontato a Neah, una notte, che non ero più riuscita a guardare un cane, qualsiasi cane, senza pensare a quel giorno, né che avrei più guardato i miei genitori prendere insieme una decisione precipitosa senza pensare alla morte, ragion per cui, prima di iniziare l'università, mi ero fatta tatuare l'immagine di un piccolo pitbull marrone, vivo e vegeto, all'interno del polso destro, la mano che tenevo sul volante il giorno in cui quel cane era morto. Neah aveva osservato il mio tatuaggio e lo aveva accarezzato con tenerezza.

«Andiamo a bere un caffè,» mi propose «anche se tu ne hai già preso uno.»

«Mi hai visto lì seduta e non sei venuta a salutarmi?»

«Mi stavi spiando.» Si voltò un attimo verso il cassetto aperto e la collega dentro l'ufficio che ci osservava. La donna sembrava più grande di noi, anche se non, diciamo, dell'età di mia madre. Indossava una felpa rossa senza maniche e aveva i capelli attorcigliati in due grosse trecce aderenti alla testa e intessute con un filo bianco. L'acconciatura, insieme allo smalto rosso fuoco, la faceva apparire oltremodo agghindata per il suo mestiere. Neah indicò prima me, poi il bar. La donna annuì.

Avevo voglia di prendere la mano di Neah, così come si tiene per mano un bambino per attraversare la strada, e lo avrei fatto, credo, se lei non avesse camminato molto più veloce di me. Nessuna di noi due si fermò quando superammo il terrier appisolato.

Seguii Neah a un tavolo sul retro del bar, vicino alla toilette. L'aria lì era più fresca che all'esterno, ma quel punto era anche il più buio del locale, che si stava lentamente riempiendo di avventori in pausa pranzo. Il cameriere venne al nostro tavolo e, anche se mi riconobbe, parve infastidito dal fatto che ordinammo solo due cioccolate calde e nessuno dei tramezzini, dei panini e dei dessert che ci raccomandò.

Standomene lì seduta, ebbi la sensazione che il nostro tempo insieme non avesse limiti, che avremmo sorseggiato cioccolata calda per sempre. Ma, come le avevo visto fare in passato quando cercava le parole giuste, Neah iniziò a grattarsi le guance con tanta violenza che temetti si scarnificasse fino alle ossa.

«Il viaggio è stato terrificante, Luce» sbottò. «Anzi, non è stato il viaggio in sé e per sé a essere terrificante. Sono state le circostanze.»

«In che senso?» le chiesi.

«Ricordi quel corso che abbiamo abbandonato dove volevano insegnarci a disegnare senza guardare il foglio?»

Il corso di ritratto alla cieca era stato l'unico che avevamo tentato di frequentare insieme. Benché nessuna delle due fosse riuscita a farsi altri amici, avevamo provato ad ampliare i nostri interessi da sole, scegliendo corsi propedeutici diversi che avevano condotto lei a Rimbaud, e me alla mitologia taino.

«Il viaggio è stato un disegno alla cieca» spiegò continuando a grattarsi le guance. «Non avevo idea di cosa mi aspettasse quando sono entrata nel centro di recupero per vittime di stupro.»

«Mi dispiace.» Mi protesi verso di lei e le allontanai le mani dalle guance. Neah le guardò come se non sapesse cosa farne, poi si sollevò dalla sedia e si infilò le mani sotto il sedere, sempre evitando il mio sguardo.

«Ho visto cose che non riusciresti a immaginare. Ho visto donne a cui gli stupratori avevano strappato la lingua a morsi» mi raccontò.

Neah aveva passato gran parte della settimana con ragazzine adolescenti, alcune di tredici e quattordici anni, con fistole aperte larghe come le tazze da cui stavamo bevendo, giovani con cicatrici da sifilide su tutte le gambe. Aveva incontrato alcune ragazze che battevano sugli angoli delle strade in quartieri mal illuminati, dove subivano violenze di gruppo, e altre che erano state reclutate per le orge dei volontari internazionali, offrendo sesso in cambio di cibo, che solo successivamente si erano rese conto di non avere alcun controllo sui termini dello scambio.

Adesso ero io a evitare i suoi occhi. Non potevo nemmeno guardare le tazze sul tavolo.

«Ora capisco perché non sei voluta venire» chiosò.

Ma non era del tutto come diceva Neah. Il mio rifiuto a partire con lei era semplice e complicato al tempo stesso. Innanzitutto dovevamo pagarci il biglietto aereo, e io non avevo il becco di un quattrino. Era stato il padre di Neah a darle i soldi per il volo. Lei si era offerta di convincerlo a pagare anche per me, ma io ero troppo orgogliosa per accettare. E no, non volevo vedere le cose di cui mi aveva parlato nel mio primo viaggio a Haiti. Prima volevo vedere le spiagge, le montagne, la fortezza, le cascate, le cattedrali e i musei. Detestavo sentirmi ricordare continuamente quanto fossi fortunata a *non* aver fatto la fine delle donne che venivano aiutate dalle associazioni come la Leve. Anzi, detestavo che ci fosse bisogno del loro aiuto.

Neah però aveva visto anche segni di speranza. Oltre al sostegno psicologico, medico e alla meditazione, le donne anziane del quartiere offrivano conforto alle ragazze con racconti e canzoni. Altre tenevano corsi di autodifesa. Non parlando creolo, Neah si limitava ad abbracciare le ragazze e a pronunciare la frase che le volontarie della Leve a Haiti le avevano insegnato – *m ap janm bliye nou* –, giurando che non le avrebbe mai dimenticate.

Quando era tornata a Miami, Neah si era fatta tatuare l'effigie del suo giuramento sul petto nello stesso laboratorio che si trovava a pochi chilometri dal campus e dove mi ero fatta disegnare il pitbull sul polso. Il tatuaggio, così disse Neah, era sullo sterno, accanto al cuore. Avevo paura di chiederle cosa rappresentasse, ma non ce ne fu bisogno.

Un mattino, mi raccontò, si era svegliata al centro di accoglienza dove alloggiava e, dalla finestra aperta, aveva visto due sacchetti di plastica trasparente pieni d'acqua. Le ragazze del centro li avevano legati alla finestra per tenere lontane le mosche. Le mosche con i loro molti occhi – così si credeva – vedevano riflesse nei sacchetti pieni d'acqua versioni ingigantite e mostruosamente distorte di se stesse, e si spaventavano.

«E ti sei fatta tatuare dei sacchetti sul petto?» le domandai.

«Chiese quella che si era fatta tatuare un cane sul polso,» replicò lei «ma il tatuatore era un incompetente e più che due sacchetti pieni d'acqua sembrano due mongolfiere.»

«Posso vederlo?» le chiesi.

«No» rispose. «Non è un tatuaggio da mettere in mostra. È una cosa privata.»

Nel dirlo si lasciò scappare un sorriso perciò pensai che, forse, alla fine me lo avrebbe mostrato comunque.

«Cosa fai in quell'ufficio?» le chiesi accennando in direzione della sua scrivania dall'altra parte della strada.

«Non sono una dipendente a tutti gli effetti» rispose Neah. «Non sono sul libro paga. Non hanno abbastanza fondi, ma loro – e per "loro" intendo soprattutto Josette – mi permettono di scrivere lettere e e-mail per richiedere sovvenzioni e donazioni.»

«Allora andrai a vivere da tuo padre?» indagai.

«Adesso sto da Josette, ma la mamma mi darà una mano» rispose.

«Quindi tua madre è d'accordo?»

«Secondo lei avevo bisogno comunque di un anno sabbatico, ma papà aveva insistito perché cominciassi subito l'università.»

«Meglio che torni al lavoro» aggiunse quindi, palesemente infastidita dal tema della conversazione.

Si alzò dal tavolo e si incamminò verso la porta. Non ebbi altra scelta che seguirla e, quando raggiungemmo l'uscita, la affiancai e le sfiorai le dita prima che proseguisse.

Fuori, il terrier legato al parchimetro era scomparso. Fermandosi nel punto dove prima si trovava il cane, Neah disse: «I miei giudicherebbero banale quello che sto per dire, ma, Luce, c'è tanta sofferenza a questo mondo».

Il genere di musica amplificata dal negozio di dischi dall'altra parte della strada era cambiato. Ora dalle casse proveniva una canzone gospel in creolo.

«Posso tornare a trovarti?» le domandai.

«Ma certo» mi disse, quindi attraversò la strada. Era quasi a metà della carreggiata quando una macchina inchiodò con uno stridore di freni e l'autista strombazzò a lungo perché Neah camminava troppo lentamente. Sentendosi persa, come se l'uomo che si era affacciato dal finestrino per gridarle insulti di ogni tipo fosse l'apparizione di uno strano sogno, Neah tornò al parchimetro, dove mi trovavo io. Chinandosi in avanti, mi guardò con la profonda tristezza che provavo anch'io, benché avessi voglia di rimproverarla per la sua imprudenza e stringerla tra le braccia per celebrare il fatto che fosse sana e salva.

Credevo che stesse per ripartire quando girò su se stessa e alzò le braccia, come per afferrare qualcosa sopra di me. Le sue dita tremanti atterrarono sulla mia schiena. Sapeva di cioccolata e fumo di sigaretta. Si protese verso di me, affondò il viso nella piega del mio collo e mi strinse. Ebbi la sensazione che volesse infondere in me tutto ciò che provava, o che avesse mai provato. Cercai di trattenerla il più a lungo possibile, aggrappandomi alla sua schiena, ma poi Neah mi posò con delicatezza le mani sul petto e mi spinse via.

All'improvviso il resto del mondo riapparve, le automobili e il cameriere, con il conto da pagare.

«Ci penso io» dissi a Neah e al cameriere.

Pagai il conto con parte dei cento dollari di paghetta che i miei genitori continuavano a mandarmi tutte le settimane, nonostante avessi la borsa di studio e un lavoretto retribuito. Neah attraversò la strada, rientrò nella sede della Leve e riprese posto alla scrivania. Girò la sedia dando le spalle alla strada e iniziò a discorrere con Josette. La donna sorrise, ma non vedevo il viso di Neah e non sapevo se anche lei stava sorridendo. Dopo una breve conversazione, le due si rimisero a leggere le e-mail e a fare telefonate. Il tavolo traballante dove avevo trascorso quasi tutta la mattinata si liberò e io tornai a sedermi lì, sul marciapiede, fuori dal bar. Continuai ad aspettare che Neah si voltasse dalla mia parte, ma non lo fece mai, nemmeno quando mi alzai per andarmene.

Quella sera, il dottor Asher tornò nella nostra stanza per recuperare alcune delle cose di Neah. Immaginai che anche lui fosse andato a trovarla e che la figlia lo avesse convinto che al momento lavorare per la Leve fosse la cosa migliore per lei.

«L'ho vista bene» dissi standomene nella mia metà della stanza mentre lui si spostava qua e là per raccogliere vestiti e libri da infilare in un borsone che aveva portato con sé. Non sapevo cosa avrebbe preso e cosa avrebbe lasciato, e non volevo essergli d'intralcio.

«Sì, pare di sì.» Si fermò e accarezzò le lenzuola giallo canarino sul letto della figlia, ma le lasciò al loro posto.

Avrei voluto dirgli quanto ero stata bene quel venerdì sera in cui avevamo cenato tutti e tre insieme nel suo appartamento fuori dal campus, prima che Neah partisse per Haiti. Avrei voluto dirgli che anch'io avevo sfiorato il divano di pelle marrone del salotto, quello con i cuscini più lisci della mia stessa pelle. Avrei voluto dirgli che avevo accarezzato le costole dei suoi libri mentre cercavo di memorizzarne i titoli, che le sue librerie a muro mi erano sembrate carta da parati. Avrei voluto dirgli che non avevo compreso gran parte delle opere d'arte in camera sua e nella camera degli ospiti, né i dipinti che aveva chiesto a Neah di mostrarmi, ma mi piaceva che somigliassero a vernice colata o gelato sciolto, o addirittura a sgorbi. Avrei voluto fargli sapere che mi piacevano anche le maschere africane in legno e bronzo nello studio di casa sua, e anche le fotografie in bianco e nero e a colori in bagno e in cucina, specialmente quelle di tramonti e mercati all'aperto di tutto il mondo.

Il *roti* di capra e la crema di mais erano già pronti quando eravamo arrivate a casa del dottor Asher. Aveva chiesto a me e Neah di preparare un'insalata e, mentre recuperavamo gli ingredienti dal frigorifero, Neah gli aveva detto che aveva iniziato a leggere Rimbaud.

«Brava la mia bambina» aveva commentato lui sovrappensiero, come se essere messo al corrente degli straordinari interessi e delle scoperte della figlia fosse la cosa più normale del mondo.

«Qual è la tua preferita?» le aveva chiesto.

«Sto leggendo le *Illuminazioni*» aveva risposto lei.

«Io sono più un tipo da Baudelaire» aveva chiosato il dottor Asher. Poi si erano voltati a guardarmi girare la centrifuga per insalata e, prima che potessi sentirmi esclusa, avevano cambiato discorso ragionando sul condimento più adatto.

«Stammi bene, Lucy» disse il dottor Asher mentre usciva dalla stanza con il borsone pieno.

«Lo farò» gli risposi.

«Restiamo in contatto» aggiunse.

Quella sera stessa stavo per addormentarmi quando sentii la porta aprirsi. Mi drizzai a sedere per paura che fosse un intruso. Era Neah. Stava in piedi sulla soglia, circonfusa dalla luce che proveniva dal corridoio. Accese la lampada sulla scrivania e io ne rimasi abbagliata per un momento, finché i miei occhi non si abituarono alla luce.

Le dissi: «*Né*».

Lei mi rispose: «Ciao».

«Cosa ci fai qui?»

«Sono qui per restare» mi rispose senza troppo entusiasmo.

Si avvicinò al cassettone e prese il beauty-case, poi dal primo cassetto tirò fuori un asciugamano e una di quelle magliette bianche e larghe che usava come camicia da notte.

«Hai cambiato idea?» le domandai.

«Sì» rispose.

Mi chiesi se fossi stata io o suo padre all'origine di quel ripensamento.

«Josette mi ha impedito di restare se prima non finisco il semestre» aggiunse.

Probabilmente suo padre aveva parlato con la donna.

«Continuerò a fare volontariato» precisò Neah prima di uscire dalla stanza.

Restò sotto la doccia più a lungo del solito. Tesi l'orecchio in cerca di segni di vita nel corridoio e rimasi ad ascoltare il tonfo dei passi avanti e indietro dalle camere alle docce e alle cucine finché Neah non tornò. Quando rientrò aveva addosso la maglietta bianca. Senza dire niente posò il beauty-case, i vestiti e l'asciugamano sul cassettone. Poi spense la lampada sulla scrivania e si infilò a letto.

«Sono felice che tu sia tornata» le dissi sperando che non si addormentasse subito.

«Mi lascio influenzare troppo facilmente dalle storie» replicò lei, la voce che già si affievoliva nell'oscurità.

«Cosa vuoi dire?» le chiesi. Sembravano le parole pronunciate dal padre per persuaderla a tornare all'università.

«Mi lascio influenzare da tutte le storie che leggo, vedo, o ascolto, specialmente quelle più tragiche» proseguì Neah. «Questa sarà la storia della mia vita, credo. Sarò una di quelle persone che si lasciano influenzare dalle storie degli altri.»

«Secondo me sarai una persona che aiuterà chi ha bisogno» la corressi. «Come Madre Teresa.»

«Ho sentito dire che a volte dormiva sul pavimento di qualche Ritz a cinque stelle» disse lei.

«E poi si alzava e cercava di salvare il mondo» aggiunsi io.

«E tu, che tipo di persona sarai?» mi domandò.

Non dovevo rifletterci troppo per risponderle. Lo sapevo già. Io sarei stata la persona – la donna – che avrebbe sempre cercato la stabilità, un porto sicuro. Avrei sempre tenuto a mente di poter perdere tutto ciò che avevo, compresa la vita, in un istante. Ma non è questo che le dissi. Le dissi che sarei stata il genere di amica su cui avrebbe sempre potuto contare, il genere di amica che l'avrebbe accompagnata in un viaggio organizzato dalla Leve.

Non proferì parola, e mi accorsi che si era addormentata. Udii il brusio del lieve russare che indicava il suo sonno più profondo. Anche se a volte quel rumore mi aveva dato fastidio, ero contenta di sentirlo di nuovo.

Quando il suo russare raggiunse l'apice e capii che solo un treno merci in corsa avrebbe potuto svegliarla, accesi la lampada sulla mia scrivania e andai nella sua metà della stanza. Neah giaceva sulla schiena, e probabilmente era per quello che russava. La maglietta le stava tanto larga che fu facile abbassare la scollatura senza toccarle la pelle.

Spinsi la stoffa in basso verso i suoi piccoli seni, ed eccole, sullo sterno, due mongolfiere senza cesta, grandi come monetine, una azzurro indaco e l'altra rosso sangue, due versioni dei colori della bandiera haitiana. Sotto le mongolfiere, dove avrebbero dovuto esserci le ceste, spiccavano le parole JE EST UN AUTRE, scritte in corsivo, in inchiostro rosso. Era su quella formula che Neah aveva scritto un saggio prima di partire per Haiti. "Io è un altro" di Rimbaud.

Siccome i miei genitori erano in movimento per seguire un itinerario di raccolta in Mississippi e non avevano avuto giorni di ferie per il Ringraziamento mentre Neah era a Haiti, io ero rimasta nel campus, avevo pranzato con gli studenti stranieri nella sala mensa e avevo fatto ricerche sui taino per il seminario del primo anno.

I taino credevano di aver avuto origine dagli uomini delle caverne e che, se fossero stati sfiorati da un raggio di sole, si sarebbero tramutati in pietra. Conoscevano il rischio a cui andavano incontro quando uscirono alla luce, ma lo fecero comunque per dare vita a un mondo nuovo, un mondo che continua a esistere, perché noi siamo ancora qui. Pensai che la prossima volta in cui avremmo chiacchierato al buio, avrei raccontato quella storia a Neah. Intanto, mentre ancora dormiva, adagiai il polso destro sull'incavo tra i suoi seni e lo lasciai lì per qualche secondo. E per un istante, un istante brevissimo, il mio dolore e il suo furono una cosa sola.

Alba, tramonto

1

Le ricapita il giorno del battesimo di suo nipote. Un momento perso, uno spazio vuoto a cui Carole non sa attribuire una misura. Un secondo è cosciente, un secondo dopo non lo è più. Sa esattamente dove si trova, e poi perde la nozione del tempo e dello spazio. Le amiche della chiesa, più anziane di lei, raccontano storie simili riguardo a interventi chirurgici, di aver contato indietro da dieci con la maschera dell'ossigeno sul viso, poi di essersi svegliate prima di essere arrivate a uno, solo per scoprire che erano passate ore, o persino giorni. Le pare di vivere la stessa esperienza.

Suo genero, James, un insegnante di matematica del liceo con i capelli rasta, ha in braccio suo nipote, Jude, che ha ereditato la testa sferica di sua figlia, la pelle color rame e le dita lunghe, che stringe intorno al mento di Carole tutte le volte che lei lo tiene in collo. Jude è un gran ridanciano. Quando sghignazza, tutto il suo corpicino trema. Spesso Carole resta a guardarlo per ore, sperando che il suo faccino paffuto la aiuti a rievocare ricordi dei figli alla stessa età, ricordi che sbiadiscono in fretta.

La figlia, Jeanne, ha ancora trenta chili di troppo il giorno del battesimo di Jude, celebrato sette mesi dopo la sua nascita. Jeanne è così tormentata dal suo aspetto fisico – e da chissà che altro – da vivere praticamente rinchiusa in camera, nascosta. Data la fragilità mentale della figlia, Carole coglie ogni occasione per affiancare l'altra nonna di Jude, Grace, per badare al nipote allorché le viene chiesto di farlo. A Carole piace intrattenere Jude giocando a cucù e cantandogli le canzoncine che riesce a ricordare, compresa quella intitolata *Solèy leve, Solèy kouche* – "alba, tramonto" – che piaceva tanto ai suoi figli. Stende un lenzuolo nero sul box del nipote e annuncia che è il tramonto, poi lo solleva e annuncia che è l'alba. Il nipotino non pare turbato quando lei si confonde e inverte l'ordine. Lui non conosce la differenza.

A volte Carole dimentica chi è Grace e la scambia per la baby-sitter. Ricorda bene però che Grace non voleva che il figlio sposasse Jeanne, che non la reputava alla sua altezza. Quella critica ora pare giustificata dalle mancanze di Jeanne come madre.

Jeanne, pensa Carole, non ha mai conosciuto la vera tragedia. Cresciuta in un paese governato da un dittatore senza scrupoli, Carole ha visto i vicini trascinati fuori dalle loro case dagli scagnozzi del tiranno in uniforme di jeans. Una delle sue zie era stata quasi uccisa a botte per essersi gettata davanti al marito mentre veniva arrestato. Il padre di Carole era partito per Cuba quando lei aveva dodici anni e non era più tornato. L'unica fonte di reddito di sua madre era pulire le case di persone che non sempre sapevano come pagarla.

L'amica del cuore di Carole abitava nella casa accanto, in una stanza dal tetto di lamiera affittata separatamente dallo stesso proprietario. Durante la notte, mentre la mamma dormiva, Carole sentiva spesso l'amica che veniva rimproverata aspramente dalla madre, la quale pareva detestarla per il semplice fatto di essere nata. Carole ha fatto di tutto per proteggere i suoi figli, nati in America, da quelle storie che ora non sono in grado di sormontare alcun genere di infelicità. Non tanto per il figlio maschio, Paul, che è un pastore protestante, quanto per Jeanne, a cui Carole ha dato il nome dell'amica d'infanzia. La figlia ha una psiche così fragile che qualsiasi cosa può metterla in agitazione. Non si rende conto che l'esistenza che sta conducendo è tutta frutto di un mero accidente della fortuna? Non sa che costituisce un'eccezione a questo mondo, dove è normale essere infelici, avere fame, spezzarsi la schiena e guadagnare poco o niente, e sottostare ai capricci di tutto e tutti, dittatori, uragani e terremoti?

Il mattino del battesimo di suo nipote, Carole indossa un abito di pizzo bianco che non ricorda di essersi messa. Si è pettinata i capelli in una crocchia stretta che adesso le fa un po' male. Qualche giorno prima si è affacciata dal balcone dell'appartamento della figlia al terzo piano mentre Jeanne immergeva i piedi nella piscina condominiale a forma di fagiolo. Era uscita sul balcone per guardare l'acqua, l'insolito colore blu cobalto che assume nel tardo pomeriggio e il lento incresparsi della superficie, anche se non turbata dalla brezza o da un corpo estraneo.

«Non voglio battezzarlo!» gridava Jeanne al telefono. «È lei che lo vuole, non io.»

«Tra poco tocca a noi» dice James scrollando Carole dalle sue fantasticherie. Le ha parlato con lo stesso tono di voce con cui si rivolge a Jude. È chiaro che non è la prima volta che glielo dice. La figlia non guarda né lei né l'assemblea degli amici di Carole. Non sta neppure guardando Jude, che è stato vestito, molto probabilmente da James, con un semplice pagliaccetto tutto bianco. Jeanne fissa il pavimento mentre gli altri fanno a turno per prendere in braccio Jude e tenerlo buono in chiesa: prima Grace, poi il marito di Carole, Victor, quindi la sorella minore di James, Zoe, che è anche la madrina, e infine il miglior amico di James, Marcos, il padrino.

Carole continua a ricordare a se stessa che sua figlia è ancora giovane. Ha solo trentadue anni. Un tempo Jeanne era una giovane donna realizzata, la psicologa della scuola dove tuttora insegna James. (Quando James e Jeanne hanno iniziato a frequentarsi, gli amici li chiamavano J.J.; poi è nato Jude, e la famiglia è stata soprannominata Tripla J.)

«I bambini le piacevano, vero?» chiede talvolta Carole a Victor. «Prima che avesse un figlio?»

Quando dal pulpito lo zio Paul chiama Jude per nome, James fa cenno a tutti di avvicinarsi all'altare. Paul, con indosso l'abito talare bianco, scende dal pulpito e, mentre il bambino è ancora tra le braccia di suo padre, gli disegna una croce sulla fronte con il crisma. L'olio fa pizzicare gli occhi a Jude, che scoppia a piangere. Imperterrito, Paul prende Jude in collo e intona una preghiera con voce così potente da far ammutolire il piccino. Dopo la preghiera restituisce Jude alla madre. Jeanne bacia la fronte unta del figlioletto, e i suoi occhi si riempiono di lacrime.

Carole sa che la figlia non approva niente di ciò che sta accadendo, mentre lei ha trovato consolazione in quei rituali ed è fermamente convinta che suo nipote non sarà protetto dai mali del mondo – compreso il disinteresse della madre – finché la cerimonia non sarà conclusa.

Più tardi, durante il rinfresco a casa di sua figlia, Carole intravede James e Jeanne uscire dalla loro camera da letto. Jude è in braccio alla madre. Gli hanno tolto il semplice pagliaccetto bianco e gli hanno infilato una tutina smanicata ancor più spartana. Jeanne si ferma sulla soglia e accosta un biberon al viso di Jude, quindi gli mormora: «Tramonto». Poi allontana il biberon ed esclama: «Alba!».

Mentre osserva la figlia che gioca con il bambino, Carole ha l'impressione di aver compiuto gli stessi movimenti, di aver alzato e abbassato il biberon. Non in quell'istante preciso, ma in un dato momento di un passato indistinto. È come se Jeanne fosse diventata Carole, e James avesse preso il posto di Victor, il marito un tempo elegante e smilzo che ora cammina con l'ausilio di un bastone, che ha l'abitudine di picchiettare per terra.

Non è tutto perduto, pensa Carole. Dopotutto sua figlia ha imparato alcune cose da lei. Ecco che ritorna, quella sensazione fin troppo familiare di una perdita di coscienza. E se non riconoscesse più nessuno? E se dimenticasse suo marito? E se scordasse cosa significa amarlo, un sentimento che è cambiato molto negli anni, tanto quanto è mutato l'amore di sua figlia per il marito, sebbene James, come Victor, sia un uomo paziente. Non l'ha mai visto rimproverare o gridare contro Jeanne. Non le dice nemmeno di alzarsi dal letto o di badare di più al bambino. A Carole e alla madre dice che Jeanne ha solo bisogno di tempo. Ma quanto durerà quel genere di indulgenza? Quanto a lungo si può sopportare di vivere accanto a qualcuno la cui mente divaga verso un luogo in cui l'amore non esiste più?

Il marito di Carole è l'unico al corrente della gravità della situazione. È costantemente vessato dai suoi repentini cambi d'umore, dai suoi scatti d'ira seguiti da un'immobilità completa. Da anni la aiuta a nascondere i sintomi, o a mitigarli grazie a rompicapo e altri giochi educativi, con olio di cocco e integratori con omega-3, che lei assume con succhi e infusi speciali. È sempre lui a spegnere gli elettrodomestici, a trovare le chiavi che lei ha nascosto in posti insoliti come il forno o il congelatore. La aiuta a terminare i discorsi, le dà una gomitata per farle capire che si è già ripetuta diverse volte. Ma un giorno si stancherà di quella vita e la metterà in un ricovero dove degli sconosciuti si prenderanno cura di lei.

Quando è nato Jude, Victor le ha comprato un bambolotto affinché si esercitasse a prendersi cura del nipote. È un bambolotto dalla pelle scura con il faccino tondo e folti capelli a grani di pepe, come quelli di Jude. Quando Carole immerge il bambolotto nella vasca, i capelli gli si incollano alla cute, proprio come quelli di Jude. Fare il bagnetto al bambolotto, vestirlo prima di metterlo a dormire, la tranquillizza, la aiuta a dormire meglio. Ma quel rituale, come la sua malattia, è ancora un segreto tra lei e il marito, un segreto che non potrà restare nascosto ancora a lungo.

2

Come si diventa una brava mamma? vorrebbe chiedere Jeanne a qualcuno, chiunque sia. Vorrebbe essere abbastanza coraggiosa da chiederlo alla madre prima dell'insorgere della demenza, o qualsiasi cosa la affligga. Sua madre si rifiuta di sottoporsi a esami e ricevere una diagnosi, e suo padre è d'accordo.

«Non te ne vai a curiosare in giro in cerca di quello che non vuoi trovare» le ha detto diverse volte.

Suo padre propone il primo brindisi del pranzo di battesimo. «A Jude, per averci uniti qui quest'oggi» esclama prima in creolo e poi in inglese.

James porge un calice di champagne a Jeanne che, avendo il bambino in collo, ha difficoltà a tenere dritto il bicchiere. Sua madre appoggia il calice e tende le braccia per toglierle Jude.

«Io brindo con lui» dice Carole, e Jeanne teme che la madre creda davvero che il corpo di Jude sia un calice di champagne. Ultimamente ha paura di dare il bambino in braccio a sua madre, di lasciarli insieme da soli, ma siccome lei e James sono lì vicini e il piccino non è capriccioso o agitato, non protesta.

Dopo il brindisi, James si offre per riempire il piatto a Jeanne e alla suocera. Carole annuisce, ma ci ripensa. «Magari dopo» dice. Jude adesso la sta guardando, i piccoli occhi puntati sul suo viso, rugoso e stanco.

Carole non mangia molto ultimamente. Jeanne, dal canto suo, ha l'impressione di avere un abisso profondo e acido al centro del suo corpo, un pozzo senza fondo che pretende di essere continuamente riempito. James non le chiede niente, neppure di alzarsi dal letto quando sono giorni e notti che sta lì distesa. Non è da lui. Durante il corteggiamento e i primi anni di matrimonio, non ha mai preteso niente da lei. Le ha sempre presentato tutto come un suggerimento o una raccomandazione. È come se si esercitasse continuamente a essere paziente con i ragazzi turbolenti a cui insegna. Nemmeno a scuola si arrabbia mai. Sua madre, invece, ultimamente si inalbera per un nonnulla, anche se dopo pare non serbare alcun ricordo dell'accaduto. È sempre stata una donna tranquilla. Indubbiamente è più gentile della madre di James che, non fosse stato per il figlio, non avrebbe degnato Jeanne o Carole nemmeno di uno sguardo.

Jeanne si chiede spesso se sua madre fosse stata più felice a Haiti. Ne dubita. Jeanne non ha diritto di essere triste, le ha detto spesso la madre. Solo Carole lo ha, perché ha visto e sentito cose terribili. Suo padre ha una diversa filosofia di vita. A lui più che a chiunque altro interessa che Jeanne conosca il piacere della gioia, o la gioia del piacere, come la si voglia chiamare. È come se avesse fatto voto di godersi ogni singolo istante della sua vita: indossare i vestiti più belli che può permettersi, mangiare il cibo più buono, andare a ballare dove suonano le sue band haitiane preferite.

Per gran parte dell'infanzia di Jeanne Victor aveva guidato l'autobus e poi, con l'invecchiare, era passato al taxi. Tra un passeggero e l'altro sedeva nel parcheggio dell'aeroporto internazionale di Miami a disquisire di politica haitiana con gli altri tassisti suoi amici. Forse sua madre non avrebbe perso la lucidità se avesse lavorato fuori di casa. I comitati parrocchiali e la famiglia erano il suo lavoro, un lusso che potevano permettersi perché Victor faceva i doppi turni e a volte lavorava anche il fine settimana. Carole avrebbe potuto lavorare, se solo lo avesse voluto, come inserviente alla mensa scolastica, come badante o baby-sitter, come facevano molte delle sue amiche della parrocchia.

Jeanne non voleva diventare una casalinga come la madre, ma è quella la fine che ha fatto, relegata in casa con il bambino. Non esce più di casa, tranne che per le visite di Jude dal pediatra. Ha sempre paura di uscire dal letto, ha paura persino di prendere in braccio suo figlio, per timore di lasciarlo cadere o di stringerlo troppo forte e soffocarlo. E poi insorge la fatica, una stanchezza così estenuante da non permetterle nemmeno di dormire. La maternità è una specie di bolla fumosa da cui non riesce a emergere abbastanza a lungo da poter abbracciare suo figlio. Strano a dirsi, ma Jude è un bravo bambino. Dorme tutta la notte sin dal giorno in cui l'hanno portato a casa. Fa dei lunghi sonnellini. Non ha le coliche e non è irrequieto. Però c'è.

James decide di promuovere un altro brindisi. Fa tintinnare il calice di champagne colpendolo con un cucchiaino per attirare l'attenzione di tutti i presenti.

«Vorrei proporre un brindisi per mia moglie, non solo perché è una compagna e una madre straordinaria, ma per essere stata tanto coraggiosa nel portare Jude nella nostra vita» dice.

Perché la definisce coraggiosa? Si riferisce forse alle ventisei ore di travaglio che sono culminate in un parto cesareo durante il quale il figlio è stato tirato fuori con il cordone ombelicale avvolto intorno al collo? È quasi morto, le ha detto il medico, a causa della sua ostinata insistenza per avere un parto naturale.

La gravidanza è stata serena. Ha lavorato regolarmente finché non le sono venute le doglie. Il dolore era intenso, pulsante, martellante, ma sopportabile, anche dopo la venticinquesima ora. Il primo figlio ti mette a dura prova, continuavano a dirle le infermiere, ma il secondo sarà più facile.

È stata una fortuna, un miracolo, ha detto sua madre, che il bambino sia stato tirato fuori in tempo.

Dopo il brindisi, il marito le stampa un bacio sulla guancia.

«Bravo!» esclama suo fratello Paul con la sua voce tonante da predicatore.

Lo sguardo di Jeanne incrocia quello del marito, e desidera che tra di loro scocchi una nuova scintilla, qualcosa che li unisca, oltre al figlio. Ha voglia di piangere, ma non intende innescare un altro dei farneticamenti di sua madre sul fatto che è una bambinetta viziata, che deve smetterla di fare il cane bastonato e andare avanti con la sua vita. In tutto quel tempo, sin da quando è nato suo figlio e si è resa conto che la sua nascita non sarebbe necessariamente stata una gioia, e sin da quando si è accorta che la mente di sua madre, insieme al suo amore, sta venendo meno, quel giorno in chiesa è stato il primo in cui si è abbandonata al pianto.

3

Una settimana prima della nascita di Jude, Carole è andata al mercatino di Opa Locka Hialeah, che gli haitiani chiamano *Ti Marche,* e ha acquistato delle foglie di eucalipto e delle arance amare per il primo bagno della figlia dopo il parto. Le ha comprato anche una guaina e qualche metro di mussola bianca, e ci ha ricavato un *bando* che Jeanne avrebbe potuto avvolgere intorno all'addome. Ma a causa del cesareo non è stato possibile fare il bagno né la fasciatura, ragion per cui la pancia della figlia non è più tornata come prima. Anzi, Jeanne è ingrassata perché si è rifiutata di bere le tisane di finocchio e anice che Carole e Grace le preparavano. E si è rifiutata anche di allattare, cosa che l'avrebbe aiutata non solo a smaltire il grasso in eccesso ma anche a farla sentire meno triste.

Quando Jeanne e Paul erano neonati, non c'erano altre donne a darle una mano. Carole non aveva il lusso di potersene stare a letto mentre le parenti si prendevano cura di lei e del bambino. Il marito faceva quel che poteva. Usciva, le portava le foglie essiccate e le preparava gli infusi. Le faceva il bagno. La aiutava a stringere il *bando* tutte le mattine prima di andare al lavoro, ma mentre lui era via Carole soffriva tanto di solitudine e di nostalgia di casa da continuare a baciare il faccino dei suoi figli come se le loro guance fossero state zolle di terra del paese che aveva dovuto lasciare.

Non riusciva a immaginare una vita senza di loro. Senza i suoi figli si sarebbe sentita ancor più spaesata e inutile. Voleva che avessero tutto ciò che desideravano. E tutte le volte in cui i soldi scarseggiavano, specialmente dopo che lei e Victor avevano comprato la casa di Miami a Little Haiti, andava a fare le pulizie a casa di altri mentre i bambini erano a scuola e il marito al lavoro, una cosa che nessuno aveva mai saputo. La sua fonte di reddito segreta aveva spinto il marito ad ammirarla ancor di più. Tutte le settimane, prima di consegnarle la somma per le spese domestiche, diceva orgoglioso ai figli: «La vostra *manman* di un dollaro ne fa due».

I soldi che guadagnava con le pulizie servivano anche a pagare tutte le cose senza le quali temeva che la figlia sarebbe diventata un'emarginata: scarpe da ginnastica e vestiti firmati, anelli per il diploma, abiti eleganti per i balli della scuola. Al figlio maschio invece interessavano solo i libri che, per giunta, prendeva in biblioteca. Lui sarebbe andato in giro con le scarpe bucate senza fare troppe storie.

Carole avrebbe dovuto parlare alla figlia dei sacrifici che aveva fatto come madre. Se lo avesse fatto, ora sarebbe più facile farle capire che non può crogiolarsi nella tristezza per sempre. Che fine avrebbe fatto la loro famiglia se Carole non avesse reagito quando era arrivata in America? A volte bisogna lottare con il demonio, di qualsiasi demonio si tratti. Anche se uno non ha voglia di vivere per se stesso, deve farlo per i figli, per i bambini.

4

Jeanne non si rende conto che il marito e la madre si sono allontanati con Jude finché non si ritrova da sola con il padre.

Non parla con lui della malattia della madre da diverso tempo. Non vorrebbe raccontare né a lui né a James che qualche giorno prima, mentre Carole era in visita da lei, Jeanne si è costretta a scendere e a sedersi sul bordo della piscina mentre il bambino faceva un pisolino. Non appena ha immerso i piedi nell'acqua, ha alzato lo sguardo e ha visto sua madre che la osservava dal balcone. Carole sembrava stranita, come se non avesse idea di dove si trovava. Jeanne era al telefono con James. Ha rapidamente messo fine alla chiamata ed è corsa di sopra e, quando ha raggiunto l'appartamento, ha trovato la madre sulla soglia. La donna ha chiuso la porta di scatto, ha afferrato Jeanne per le spalle e l'ha mandata a sbattere contro il muro. Se Carole fosse stata più robusta, avrebbe potuto fracassarle il cranio.

Jeanne ha continuato a chiamarla: «*Manman, manman*» come un mantra, finché la donna non è tornata in sé.

«Cos'è successo?» ha chiesto la madre.

Jeanne stava per chiamare un'ambulanza, o suo padre, ma era sotto shock e Carole è stata tranquilla per tutto il resto della giornata. Jeanne l'ha evitata il più possibile, le ha permesso di guardare un talk show che le piaceva e si è sincerata che non rimanesse da sola con Jude.

L'indomani Carole si è presentata dopo che James era andato al lavoro e ha preso a gridarle contro in creolo. «Devi lottare contro il demonio» ha strepitato. «Smettila di fare l'egoista e di pensare solo a te stessa. Inizia a vivere per tuo figlio.»

In seguito a quegli episodi Jeanne ha cominciato ad avere paura di e per sua madre. Ha accettato di andare fino in fondo con il battesimo nella speranza che fosse d'aiuto. Forse sua madre stava solo fingendo di aver perso la lucidità per averla vinta.

Seduta accanto a James sul divano in salotto, con Jude tra le braccia, Carole appare più calma di quanto non lo sia mai stata nell'ultima settimana. Paul siede davanti a lei e i tre sembrano chiacchierare di Jude, o di figli piccoli in genere. Poi l'amico di James, Marcos, si unisce a loro e il bambino si tende verso la sua vaporosa capigliatura in stile afro.

Jeanne si stupisce che il fratello non si accorga di quanto la mamma sia peggiorata. In tutte le volte che si sono sentiti per parlare del battesimo, lui non ha mai accennato alla salute mentale di Carole. Forse perché è abituato a considerarla come una donna devota, non come sua madre, ma come sua "sorella" in Cristo? Paul non ha mai fatto troppa attenzione alle questioni pratiche. Ha passato quasi tutta la sua infanzia a leggere libri di cui neppure gli adulti avevano mai sentito parlare, romanzi astrusi e saggi antropologici, biografie di celebri teologi e santi. Prima di abbracciare ufficialmente la fede della madre, quando era all'ultimo anno delle superiori, aveva pensato di farsi prete. Si è sempre occupato più della vita spirituale che di quella terrena.

La madre fa cenno a Paul di raggiungerla in fretta, poi adagia Jude nello spazio vuoto tra di loro sul divano. Jude si gira a destra e a sinistra, e continua a guardare gli adulti, specialmente James.

«Come stai ultimamente?» domanda il padre a Jeanne. Mentre si rivolge alla figlia, adocchia la moglie come Jeanne non glielo ha mai visto fare, senza ammirazione né affetto ma solo preoccupazione, forse addirittura sgomento.

«Tutto bene» risponde Jeanne. Di solito suo padre si accontenta di quella risposta. Come suo marito, non insiste mai. Invece stavolta la incalza.

«Perché tanta fretta?» le domanda suo padre, anche se conosce già la risposta. «Hai fatto un figlio per lei? Perché sappi che non potrà crescerlo al posto tuo. Dovrai farlo tu, da sola.»

«No che non l'ho fatto per lei» replica Jeanne.

«Allora perché lo hai messo al mondo?» la mette alle strette. «Non mi sembra che tu lo abbia voluto.»

Quello che Jeanne prova, i suoi sentimenti, vorrebbe dirgli, non hanno niente a che fare con l'aver voluto o meno un bambino. Riguardano piuttosto la sua inadeguatezza di fronte al compito che la attende; un incarico troppo gravoso, troppo duraturo, anche con l'aiuto di suo marito. È difficile spiegarlo a suo padre o a chiunque altro, ma ciò che in lei avrebbe dovuto attivarsi, come una luce che si accende nella sua testa, è rimasto inerte. Nonostante la sua drastica trasformazione fisica, a tratti si sente come se non avesse mai partorito. Non è che non volesse suo figlio, e neanche desidera che non fosse mai nato; è solo che non riesce a credere che sia davvero suo.

«Cos'ha la mamma?» chiede Jeanne nel tentativo disperato di cambiare argomento.

«Non abbiamo ancora finito di parlare di te» replica suo padre.

«Cos'ha?» insiste Jeanne.

«Non è in sé» risponde lui.

«C'è dell'altro.»

«Cosa vuoi che ti dica?»

«Dobbiamo conoscere la verità.»

«Noi» dice indicando prima la moglie poi se stesso «la sappiamo già.»

Jeanne sente sua madre ridere, dapprima blandamente, poi in modo fragoroso, per qualcosa che ha detto James o Marcos. Si rende conto che possono esserci già stati dei medici e una diagnosi, che i genitori hanno deciso di tenerle nascosta.

«Cosa vuoi dire?» chiede al padre.

«Presto la dovrò mettere da qualche parte» risponde lui.

Jeanne pensa alle spese e al fatto che sua madre non sarà l'unica a doversi trasferire. Suo padre dovrà vendere la casa per potersi permettere un posto decente dove la moglie non verrà trascurata o maltrattata. Pensa a quanto sia paradossale che la famiglia non sia in grado di accudire sua madre, che si è sacrificata tutta la vita per loro.

«Non dico che succederà domani, ma un giorno o l'altro dovremo metterla da qualche parte.»

Jeanne non ha mai letto il dolore sul viso di suo padre, perché non lo ha mai cercato. Non ha mai prestato attenzione alla sofferenza altrui. Ma ora vede quanto sia cambiato. Ha i capelli più bianchi e la voce strascicata. Ha gli occhi rossi per la mancanza di sonno, la faccia logorata dalla preoccupazione.

5

Carole e la sua amica d'infanzia Jeanne parlavano da un foro che avevano praticato nel pannello di compensato che divideva le loro stanze. Al mattino, quando Jeanne andava a prendere l'acqua alla fontanella del quartiere, fischiettava per svegliare Carole. Il fischio di Jeanne somigliava al trillo acuto dei *pipirit gri,* i re dei tiranni grigi che solcavano i cieli del quartiere finché i ragazzini non li abbattevano con la fionda, li arrostivano sul falò e se li mangiavano.

Un mattino Jeanne non aveva fischiato, e Carole non l'aveva più rivista. I ragazzini del quartiere raccontavano che la madre l'aveva ammazzata e sepolta, poi era scomparsa, ma più probabilmente la madre di Jeanne non era riuscita a pagare l'affitto e se l'era svignata prima dell'alba.

L'occupante successivo di quella stanza era stato Victor. Suo padre lavorava su una nave che faceva la spola con Miami, e tutti nel quartiere sapevano che Victor sarebbe emigrato, un giorno o l'altro. Un paio di volte all'anno suo padre portava a casa delle valigie piene di indumenti e Victor regalava a Carole le magliette o i vestiti di cui sua madre non sapeva che farsene. Ben presto Victor aveva scoperto il foro nel pannello e ci infilava il dito per salutarla. Al che Carole gli fischiava, come l'ultimo re dei tiranni del quartiere.

Dall'istante in cui lo ha conosciuto, Carole ha capito che Victor si sarebbe preso cura di lei. Non è mai stata sfiorata dal sospetto che potesse ingannarla, o minacciare di ripudiarla. Invece ecco che ora sta tramando con una donna che lei non conosce, una bella donna prosperosa, di quelle che piacciono a lui, com'era anche lei quando Victor la trovava attraente.

Suo marito e quella donna confabulano sottovoce. Di cosa stanno parlando? E perché Carole siede accanto al bambolotto dai capelli a grani di pepe che suo marito a volte usa per ingannarla, fingendo che sia un bambino vero? I suoi veri bambini sono spariti. Sono scomparsi insieme all'amica, Jeanne, e ormai non le resta che il bambolotto che le ha regalato Victor.

Carole si guarda intorno per vedere se qualcuno si è accorto di cosa sta succedendo, del fatto che quella giovane donna le sta rubando il marito da sotto il naso mentre lei è bloccata su quel divano, tra due sconosciuti e il bambolotto seduto. Afferra il bambolotto prendendolo sotto le ascelle e se lo poggia alla spalla. Le espressioni facciali del bambolotto sono così vere, così realistiche che gli si arricciano le labbra e gli si contraggono le guance come se stesse davvero per piangere. Per calmarlo Carole fischia il trillo brioso del *pipirit*.

Carole cerca di spiegarlo agli uomini seduti accanto a lei, ma loro non riescono a capirla. Uno dei due tende le mani come per chiederle di cedergli il bambolotto.

Tutti si radunano intorno a lei. Anche la donna prosperosa si avvicina. Carole non capisce il motivo di quel trambusto. Vuole solo portare il bambolotto in giardino, come fa spesso quando suo marito non c'è. Vuole sentire sul viso la brezza intiepidita dal sole e osservare la lucentezza della piscina nel primo pomeriggio. Vuole dimostrare a tutti che non è in grado di prendersi cura solo di se stessa ma anche di quel bambolotto.

6

Come ha fatto sua madre a sgusciare via da James e Paul e correre sul balcone con Jude in braccio? Il bambino si dimena e piagnucola, le gambette nude che scalciano nel vuoto mentre sua madre lo tiene sospeso oltre il parapetto.

Suo padre è il primo a salire sul balcone, seguito da James e da tutti gli altri. Anche se Carole si trova sul lato in ombra del balcone, è madida di sudore. La crocchia si è sciolta, come se Jude o qualcun altro gliela avesse tirata.

Jeanne non è sicura che le braccia ossute della madre riusciranno a sorreggere il peso del bambino, soprattutto visto che Jude piange e si contorce voltandosi continuamente verso le persone sul balcone come se sapesse che desiderano disperatamente riaverlo indietro.

Paul è corso di sotto e Jeanne ora guarda il viso del fratello che cerca di capire dove atterrerebbe il bambino se la madre lo lasciasse andare. Le probabilità che Jude atterri proprio tra le braccia dello zio non sono maggiori o minori di quelle che cada in piscina o sulla siepe di ficus sotto il balcone.

Anche Marcos appare sul bordo della piscina, insieme alla sorella di James, Zoe, per offrire le proprie mani a quell'estremo tentativo di salvataggio. James è al telefono con i vigili del fuoco. Grace, la suocera, tiene Jeanne ingabbiata tra le braccia, come per impedirle di crollare a terra. Il padre di Jeanne è a pochi passi da sua madre, e la prega, la supplica.

Non appena James chiude la telefonata, si scambia di posto con il padre di Jeanne. Jude serra i piccoli pugni, li riapre, quindi tende le manine verso il padre. Smette di piangere per un attimo, quasi si aspettasse di essere afferrato da James.

Quando il padre fa per prenderlo, Carole si sporge e spinge il bambino ben oltre il parapetto. Tutti trattengono il fiato e, non appena Grace lascia andare Jeanne, lei crolla in ginocchio, come se l'avessero tranciata a metà.

«*Manman*, ti prego» dice Jeanne rialzandosi. «*Souple manman. Tanpri.*»

Altri inquilini escono dagli appartamenti. Alcuni sono già sul balcone. Altri sono intorno alla piscina con Paul, Zoe e Marcos. All'ultimo controllo il bambino pesava otto chili e mezzo, circa un quinto dell'attuale peso di Carole. La donna non riuscirà a reggerlo ancora per molto.

Jeanne va verso il marito, avvicinandosi cautamente, passando accanto a suo padre, che sembra sotto shock.

«*Manman*, ti prego, ridammi mio figlio» dice Jeanne. Si sforza per parlare con voce salda e sicura, per non spaventare il bimbo.

Sua madre le rivolge lo sguardo allucinato che ormai le è fin troppo familiare.

«Carole, dammi il bambino» ripete Jeanne. Forse il non essere sua figlia la farà apparire più autorevole agli occhi della madre. La donna potrebbe pensare che Jeanne è una persona a cui deve dare ascolto, a cui deve obbedire.

«Il bambino» dice sua madre, e suona più come un vezzeggiativo per Jeanne che la consapevolezza di avere un bambino vero tra le braccia.

«Tuo figlio?» domanda Carole, le braccia che ora vacillano, come se finalmente avesse percepito il peso di Jude.

Jeanne abbassa la voce. «Sì, è mio figlio, *manman*. Ti prego, ridammelo.»

Nell'indebolirsi della presa della madre Jeanne vede che sta tornando in sé. Ma la donna non è ancora rinsavita del tutto, potrebbe confondersi di nuovo e lasciar andare Jude. Mentre gli occhi della madre sono ancora fissi su di lei, Jeanne fa segno al marito di farsi avanti e, scattando in modo sincronizzato, Victor afferra la moglie e James agguanta il bambino. Carole molla la presa solo dopo aver portato Jude al sicuro all'interno del balcone.

James rovina a terra, con il bambino ancora in lacrime schiacciato al petto. Il padre di Jeanne prende Carole per mano e la conduce all'interno. Siede con la moglie sul divano e la tiene stretta mentre lei posa serenamente la testa sulla sua spalla.

Poco dopo arrivano due poliziotte di colore. Sono accompagnate da una squadra di paramedici. Uno dei soccorritori punta una lucetta sulle pupille di sua madre, poi le misura la pressione. Sebbene la donna sembri essersi ripresa dalla crisi e ora sia solo stanca, viene stabilito che Carole necessita di una valutazione psichiatrica. Anche Jude viene visitato, ma ha solo delle lievi escoriazioni sotto le ascelle dovute alla presa salda della nonna.

Jeanne vede lo sguardo allucinato velare di nuovo gli occhi di sua madre mentre, con l'aiuto di Victor e Paul, sale sulla barella abbassata.

Suo padre chiede che la moglie non venga legata, ma il

capo soccorritore risponde che è la procedura e promette di non farle male.

Jeanne sperava che sua madre volesse solo darle una lezione, scrollarla dalla sua tristezza e ricordarle che è in grado di amare suo figlio, ma poi vede gli occhi della donna mentre viene legata alla barella. Sono annebbiati e vuoti. Sembra che osservi Jeanne, ma in realtà ha lo sguardo perso dietro di lei, verso la parete, verso il soffitto.

Il corpo di Carole si allenta mentre le vengono allacciate le cinghie intorno ai polsi e alle caviglie, e pare che si sia abbandonata completamente, arrendendosi a ciò che l'affligge. Sembra sapere che non tornerà più, perlomeno non com'era prima. Anche Jeanne sa che quel momento, al contrario di una nascita, non segna un nuovo inizio.

7

Carole non si stancherebbe mai di guardarli, sua figlia e suo genero insieme con il loro bambino. James abbraccia la moglie, che ha in collo il figlio ormai addormentato. Forse ora Jeanne si renderà conto di quanto suo figlio sia indispensabile per lei. Carole si pente di non aver raccontato alla figlia alcune delle sue storie. Ormai non avrà modo di raccontarle al nipotino. Non giocherà più con lui.

La prima volta che il marito l'ha portata dal dottore, prima delle TAC al cervello e dei prelievi spinali, il medico ha voluto conoscere la storia medica della sua famiglia. Le ha chiesto se i suoi genitori o i suoi nonni avevano sofferto di malattie mentali, di Alzheimer o di demenza senile. Lei non è riuscita a rispondere a nessuna di quelle domande, perché quando il medico gliele ha poste non ricordava assolutamente niente di se stessa e del suo passato.

«Non è molto brava a raccontare» aveva detto il dottore

a suo marito, che ha interpretato quello come un modo per dire che Carole non era in grado di esporre la storia della propria vita.

No, *non* è molto brava a raccontare. Non lo è mai stata. Nemmeno quando stava bene. Né lo diventerà mai. Suo nipote crescerà senza conoscerla. L'unica storia memorabile di loro due insieme sarà quella in cui lei lo aveva fatto penzolare da un balcone, in ciò che secondo alcuni potrebbe essere stato un tentativo di omicidio. Per Carole tutto questo presto si dissolverà, si disperderà. Ma tutti gli altri ricorderanno.

Stanno per spingerla fuori dall'appartamento sulla barella. Anche se ha i polsi legati, suo figlio le tiene stretta la mano sinistra. Jeanne lascia Jude all'altra nonna e si avvicina alla barella. Accosta il viso a quello della madre, al punto che Carole ha paura di essere morsa. Ma poi Jeanne si ritrae e Carole si accorge che sta giocando ad *Alo, Bye,* un altro gioco che tanto piaceva ai suoi figli. Con le guance che si sfiorano, Jeanne arriccia il naso e bisbiglia «*Alo, manman*», quindi «*Bye, manman*».

Sarebbe perfetto, se solo Carole riuscisse a convincersi che le intenzioni di sua figlia sono davvero quelle. Sarebbe il finale appropriato per la sua vita in famiglia, o perlomeno per la vita con i suoi figli. Ogni ciao è un passo verso il loro addio. Ogni separazione ti terrorizza, e allo stesso tempo li incoraggi ad andarsene, a crescere, a maturare, a gattonare, a lallare, a camminare, a parlare, a festeggiare compleanni, augurandoti di essere ancora viva, pregando che loro siano ancora vivi. Ora Jeanne saprà cosa significa vivere in quel modo, avere una parte di te staccata dal tuo corpo che ti cammina intorno, e amare tanto quella parte da avere talvolta l'impressione di perdere il senno.

Jeanne le afferra la mano destra, così che ora entrambi i figli le tengono le mani scheletriche e tremanti, che non sembrano neppure appartenerle.

«*Mèsi, manman*» dice sua figlia. «Grazie.»

Non c'è niente per cui ringraziarla. Ha solo fatto il suo lavoro, il suo dovere di genitore. E non c'è nemmeno più bisogno di ciao o di addii. Presto non rimarrà più niente, nessun passato a cui aggrapparsi, nessun futuro in cui sperare. Solo un eterno presente.

Sette storie

Durante l'atterraggio schiacciai la fronte contro l'oblò per contemplare l'isola dal mio sedile. L'aeroporto era cinto da un muro di cemento e filo spinato, intervallato in certi punti da siepi di buganvillea e palme di bambù che sembravano essere state piantate strategicamente per coprire crepe ancora visibili. Tutto al di fuori di quel perimetro costituiva un pericolo. O così pareva indicare il terminal senza finestre che somigliava a un bunker. Avrei fatto meglio a saltare sul primo aereo e tornare indietro, pensai. Ma ero stata invitata personalmente dalla moglie del primo ministro del governo dell'isola.

«Carissima Kim» mi aveva scritto Callie Morrissete alcune settimane prima, dal suo indirizzo di posta privato. «Ho letto il tuo articolo su quel mese fatidico (perlomeno per me) che abbiamo vissuto insieme a Brooklyn da bambine. È da tanto che desidero rivederti, e durante le vacanze avremo più tempo a disposizione. Penso io a tutto. Vieni, ti prego!»

Era il tardo pomeriggio della vigilia di Capodanno e la temperatura esterna era di trentadue gradi, persino all'ombra dei Caraibi. Gli altri passeggeri al terminal erano soprattutto turisti o gente del posto che rientrava da climi più temperati. Gli isolani di ritorno trascinavano bagagli a mano strapieni di regali per i loro cari. Il resto dei passeggeri erano missionari bianchi, perlopiù uomini anziani, ma anche alcune donne e studenti universitari di ambo i sessi. Sul davanti della loro maglietta si leggeva la frase TOCCA UNA VITA OGGI, SALVA UN'ANIMA PER SEMPRE. Le date del loro risveglio religioso di una settimana, stampate sul dietro della maglietta, coincidevano con quelle del mio soggiorno, dalla vigilia di Capodanno al giorno successivo all'Epifania. Avevo pensato di trattenermi qualche giorno in più, ma non volevo approfittare della generosità della mia ospite. Dopotutto non ci vedevamo da quando avevamo sette anni.

Un giovane diplomatico con la barba venne ad accogliermi quando entrai nell'edificio principale. Teneva in mano un ingrandimento della mia fotografia pubblicata sulla rivista online per cui lavoravo come editorialista. Nella foto ero pesantemente truccata e ora, ingigantiti su un cartellone in polistirene venti per trenta, l'ovale del mio viso, il naso largo, gli occhi non troppo ravvicinati e i capelli semiraccolti sembravano quelli di un pagliaccio.

Il diplomatico mi fece cenno di seguirlo in una sfarzosa saletta privata, il cui pavimento di marmo lucido era coperto da tappeti persiani fiancheggiati da divanetti in pelle di coccodrillo. Sulle pareti, intorno ai ritratti ufficiali di Callie e suo marito, Gregory Murray, c'era una decina di acquerelli di dimensioni ragguardevoli e con ricchi dettagli floreali.

Nel corso dell'ultimo anno avevo cercato Callie su internet di tanto in tanto, e di recente avevo scoperto alcuni articoli riguardanti le iniziative che le stavano più a cuore, dalle campagne per la vaccinazione alla preparazione in caso di catastrofi per i circa duecentocinquantamila abitanti sparsi sui duemilacinquecento chilometri quadrati dell'isola. Nella sua prima intervista da first lady, Callie aveva promesso di spronare il marito a «fare del suo meglio» e di non esitare a criticarlo in pubblico se lo avesse visto battere la fiacca.

«Ho sposato mia moglie non solo per la sua bellezza, ma anche per la forza della sua volontà» affermava il marito nello stesso articolo. «Anche lei è una cittadina di questo paese e gode della libertà di esprimersi, come chiunque altro.»

Il padre di Callie, Charles Morrissete, il premier più famoso dell'isola, era stato assassinato da una delle guardie del corpo quando Callie aveva sette anni. La madre era fuggita con la figlia nel quartiere di Prospect Park South di Brooklyn, cercando rifugio presso la signorina Ruby, la nostra vicina di casa, che era anche la zia della madre di Callie. Qualche settimana dopo, quando l'assassino era stato catturato, processato e imprigionato, e a sua volta assassinato in carcere, Callie e sua madre erano tornate sull'isola portando Miss Ruby con loro. Nel corso degli anni si erano susseguiti diversi tentativi falliti per indire le elezioni mentre il paese era governato da un direttivo, una sorta di consiglio d'amministrazione, formato dai patrizi dell'isola. Alla fine, due decenni dopo, il marito di Callie, uno dei rampolli dell'oligarchia dell'isola e l'avvocato più giovane del consiglio di governo, era stato eletto dalla maggioranza degli aventi diritto al voto che, come il nuovo primo ministro, avevano meno di trent'anni.

Callie Morrissete entrò nella saletta dell'aeroporto con indosso un abitino corto e fasciante color verde bottiglia chiuso in vita da una cintura. Come gioielli portava soltanto dei cerchi d'oro alle orecchie e una sottile fede di platino alle lunghe dita affusolate. Sembrava una top model nel suo giorno libero, tutta fiera della pelle onice senza imperfezioni e dei capelli scuri, corti e vaporosi, passati dietro le orecchie. Io e Callie eravamo alte uguali quando avevamo sette anni; ora invece mi sovrastava dai suoi sandali rossi con il cinturino e il tacco vertiginoso.

«Kim, che bello vederti.» Parlava con un accento elegante, contaminato da inflessioni francesi, inglesi, spagnole e olandesi, tutte lingue che aveva parlato sull'isola sin da piccola. A sette anni parlava soprattutto in inglese, la sua voce non era diversa dalla mia. O perlomeno è quello che avevo pensato allora.

Il marito era alle sue spalle, in attesa del suo turno per salutarmi. Era accompagnato da cinque o sei uomini e donne in abito scuro, che immaginai fossero membri della scorta personale. Anche lui somigliava molto alle fotografie, compresa quella ufficiale appesa alla parete. Era un uomo imponente e muscoloso, aveva il viso squadrato, la pelle ocra, i tratti marcati. Mentre li guardavo l'uno accanto all'altra, lui con un completo color mattone che sicuramente era stata Callie a scegliere, non potei evitare di chiedermi cosa facesse *lui* quando aveva sette anni.

SETTE

di KIMBERLY BOYER

...Quando arrivò a Brooklyn, la mia triste e gracile amica si addormentava piangendo tutte le sere. Suo padre, il primo ministro del paese, era stato accompagnato fuori dai confini della città da una delle guardie del corpo e ucciso a colpi di pistola. L'anziana zia di sua madre, la signorina Ruby, che abitava accanto a noi in una grande dimora vittoriana dai ricami elaborati e la mobilia rococò nello stile dell'isola da cui veniva, aveva fatto in modo che diventassimo amiche.

La prima volta che la mia amica venne a casa mia stava piangendo. I miei genitori – entrambi pediatri – la portarono in ca-

mera mia e, con sguardo supplice, mi chiesero di farle compagnia mentre lei singhiozzava.

Quando mamma e papà richiusero la porta, mi avvicinai al muro contro il quale stava appoggiata mentre strillava con il viso affondato nelle mani, e le domandai quale gioco le andasse di fare. Mi aspettavo che mi sbraitasse contro e infilasse la porta, invece non lo fece. Rimase lì e continuò a piangere.

Non sapevo molto di lei. Mia madre mi aveva detto soltanto che una bambina a cui la signorina Ruby teneva molto sarebbe venuta a farci visita e che aveva "subito una grave perdita".

«Chi hai perso?» chiesi alla mia nuova amica.

La colsi alla sprovvista. Forse non era la domanda che si aspettava dopo "A cosa ti va di giocare?". Abbassò le mani e smise di piangere quel tanto che bastò per pronunciare le parole: «Moriranno tutti, prima o poi».

«Non è vero» replicai, perché se tutti dovevano morire, allora anch'io e i miei genitori saremmo morti, e non volevo che succedesse.

«Moriranno tutti, nel mio paese» spiegò.

Ci riflettei per un momento, poi le chiesi: «Vieni da un altro paese?».

«Sì» rispose, momentaneamente rinfrancata dalla consapevolezza di conoscere il mondo meglio di me.

«Allora questo non è il tuo paese?» domandai.

«Questo? No!»

«Raccontami del paese da dove vieni» le dissi.

«Il mio paese è verde» proseguì. «E caldo.»

Il suo paese, in altre parole, era esattamente l'opposto di Brooklyn in inverno.

«Abbiamo le spiagge» disse ancora. «Tantissime. E sono tutte di un colore diverso. Bianche. Nere. Grigie. Rosa. Dorate. Una volta papà mi ha portato a vedere una spiaggia dorata all'alba.»

Alzò lo sguardo verso il soffitto a stencil come se cercasse di immaginare un mondo più idilliaco. Sapevo che probabilmente i miei genitori stavano origliando dietro la porta e, quando scoppiò di nuovo in lacrime, mia madre riapparve.

La presenza di mia madre dovette inibirla, quando però restammo di nuovo sole la mia amica non ricominciò a piangere. Dopo aver sentito parlare del suo paese, mi resi conto di non saperne niente. Non potevo escludere a priori che laggiù le persone fossero in pericolo di morte.

«Mi dispiace per il tuo paese» le dissi, quindi tornai a chiederle: «A cosa ti va di giocare?».

Lei mi guardò come a volte facevano i miei genitori quando dicevano qualcosa che avrei dovuto capire al volo e che continuava a sfuggirmi.

«Perché dici che moriranno tutti?» Mi sedetti sul letto e le feci cenno di unirsi a me.

«Perché mio padre è morto» rispose senza muovere un muscolo.

«Ne sei sicura?»

«La mamma continua a dirlo, perciò dev'essere vero.»

Era sul punto di rimettersi a piangere, perciò mi stesi sul letto, le braccia rigide lungo i fianchi, come mia nonna nella bara quando era morta, un anno prima. Chiusi gli occhi e dissi: «Ora sono morta anch'io».

«Non puoi essere morta se parli» commentò.

Tacqui a lungo. La mia amica intonò quello che definì un inno funebre, che in seguito avrei scoperto si trattava dell'"Ave Maria".

Trascorremmo il resto del pomeriggio giocando al funerale, avvicendandoci nei ruoli di cadavere e di sacerdote. Mia madre ci interruppe per portarci della frutta per merenda, ma non appena uscì ci rimettemmo a giocare al funerale.

I miei genitori frequentavano la chiesa solo di rado, tranne per matrimoni e funerali, come quello della nonna. Ma siccome tra i doveri della famiglia della mia nuova amica c'era anche quello di andare a messa per le ricorrenze ufficiali del suo paese, lei conosceva molti inni funebri.

La mia amica veniva tutti i pomeriggi a casa mia quando avevo finito i compiti. Dopo aver passato la giornata a studiare a casa con la signorina Ruby, era pronta a giocare. Si stancò dei funerali e si interessò ad altri giochi. Ero così felice che, con l'approvazione di mia madre, le regalai una scatola di nastri per i capelli che avevo sin da piccola. Cucinavamo torte immaginarie con il Dolce Forno, organizzavamo festicciole con i peluche e le bambole, e ci travestivamo da principesse con i miei costumi, che non erano nemmeno lontanamente vaporosi, variopinti o ricamati quanto i lunghi abiti che le comprava Miss Ruby. Quando si spogliava per mascherarsi da principessa, andava nell'armadio a muro e chiudeva gli sportelli e, siccome era abituata a dare ordini, io le obbedivo se mi chiedeva di non entrare.

Ogni tanto mia madre ci permetteva di guardare mezz'ora di cartoni animati travestite da principesse. Il momento preferito della mia amica, però, era quando giocavamo a Sette Storie, un gioco che faceva sempre con suo padre. Redigevamo una lista dei momenti più importanti dei sette anni da quando eravamo al mondo.

«Il primo anno sono nata» raccontò una volta. «Il secondo camminavo e parlavo. Il terzo sono caduta e mi sono sbucciata un ginocchio mentre scappavo dalla governante.» Sollevò il vestito per mostrare la cicatrice a mezzaluna sul ginocchio destro, che non avevo mai notato. «Il quarto anno sono andata a scuola.»

«Alla materna, vuoi dire» la interruppi. Ero contenta di aver avuto occasione di correggerla.

«Nel mio paese diamo nomi diversi alle cose.» Fece una smorfia, probabilmente infastidita dal mio intervento.

«Il quarto anno sono andata a scuola» proseguì. «Il quinto anno papà è diventato primo ministro» aggiunse ignorandomi

completamente. «Il sesto anno sono andata a vivere in un castello. Il settimo, papà è morto.»

Fino ad allora non avevo prestato troppa attenzione ai miei sette anni di vita. Il primo anno, mi aveva detto mia madre, avevo smesso di poppare. Il secondo, i miei genitori si erano trasferiti nella casa dove vivevamo. Il terzo, la madre di mia madre, nonna Rose, era venuta a stare da noi. Il quarto anno ero andata alla materna, ma mi ammalavo così spesso che la mamma mi aveva ritirato e nonna Rose mi aveva insegnato a leggere. Il quinto anno, quando la nonna si era ammalata di cancro all'intestino, ero tornata a scuola. Il sesto, nonna Rose era morta. Il settimo, Callie Morrissete entrò piangendo nella mia vita...

A bordo del SUV blindato al centro del corteo che ci avrebbe scortato alla residenza del primo ministro sulle colline, non feci domande riguardo al trionfo elettorale che aveva portato al potere un premier millennial per la prima volta nella storia dell'isola. Invece chiesi a Callie come si fossero conosciuti lei e suo marito.

Mentre Callie mi spiegava che sin da piccolissimi avevano frequentato gli stessi ambienti, che l'unica ragione per cui non avevano frequentato le medesime scuole era perché sua madre l'aveva sempre messa in istituti femminili gestiti da suore, che avevano partecipato alle stesse feste sia da ragazzini sia quando, per le vacanze, tornavano dai diversi campus dell'università delle West Indies, il marito di Callie – che mi aveva chiesto di chiamarlo Greg – posò la mano sulle gambe della moglie, quindi la interruppe per spiegare che era sempre stato lui a mettersi sulla sua strada sin da quando erano nati.

«Per me non esisteva nessun'altra» concluse Greg.

Negli anni Cinquanta, quando l'isola era un paradiso fiscale e una delle mete turistiche per i ricchi e i famosi del mondo, la residenza tentacolare a cinque piani, dove vivevano i premier più recenti, compresa la famiglia di Callie, era stata un hotel a cinque stelle. Costruita su un terreno recintato di quattro ettari, disponeva di una discoteca all'aperto e di un giardino pensile.

Quando il corteo imboccò il vialetto serpeggiante della proprietà, che culminava in una fontana colossale a forma di torta nuziale a più piani, l'auto davanti a noi frenò di colpo e le guardie saltarono giù.

«Casa dolce casa» disse Callie cercando di mettermi a mio agio.

Avevo la sensazione di conoscere quel posto, sia per le immagini che avevo visto su internet sia per come me l'aveva descritto Callie durante i nostri pomeriggi di giochi. Lo aveva definito castello e mi aveva detto che era uno degli edifici più grandi sull'isola, una fortezza piena di nascondigli fantastici. Era un posto straordinario dove vivere, aveva detto, non fosse stato per gli omaccioni armati di pistola che la sorvegliavano costantemente.

Una volta scesi dall'auto, Greg ci salutò e si diresse verso l'ala orientale della proprietà, seguito dalla scorta.

«Ti va di vedere la tua stanza?» mi domandò Callie.

Rimanemmo con due donne della scorta, che Callie congedò con un cenno, ma anziché lasciarla da sola, le guardie si tennero qualche passo indietro a noi mentre entravamo nell'atrio dall'alto soffitto a volta e quindi in un ascensore a vetri.

Via via che l'ascensore saliva, scorsi la fontana, il vialetto serpeggiante e la testa di Greg, insieme alla sua scorta di guardie del corpo. Stando agli articoli che avevo letto sulle testate internazionali e sui giornali dell'isola, lui e Callie godevano di grande popolarità. Promettendo riforme, Greg era diventato primo ministro sotto l'egida dell'MRP del suocero, il Major Reform Party, che probabilmente non era mai stato tanto venerato sull'isola come quando il padre di Callie ne era al timone.

Scendemmo dall'ascensore all'ultimo piano e, prima che Callie toccasse la maniglia, una delle guardie del corpo uscì da un altro ascensore di servizio con la mia valigia, ci aprì la porta e ci seguì all'interno.

La suite per gli ospiti aveva quasi le dimensioni della casa dei miei genitori, dove da sei anni ero tornata a vivere dopo la laurea, in parte anche per risparmiare denaro prima di potermi permettere di abitare per conto mio. Non era una cosa di cui andavo fiera. Non che mi aspettassi di diventare il primo ministro di una nazione caraibica, né la first lady, ma pensavo di non aver fatto molta strada quanto a carriera lavorativa.

Il balcone della suite della residenza del primo ministro offriva una vista panoramica della capitale. Ai margini della città si trovava il porto marittimo. Attraccata a uno dei moli c'era una nave da crociera, l'altro mezzo suggeritomi da Callie per raggiungere l'isola. Non lontano sorgeva l'aeroporto. Quindi la città vecchia dove, mi spiegò Callie, erano stati ricreati villaggi taino, arauachi e caribe, con repliche di casette rotonde dal tetto di paglia. Nella città antica si trovavano fortezze in stile barocco e gotico risalenti al periodo coloniale, quando l'isola era governata da europei di diverse nazionalità. Alcuni degli antichi *châteaux*, che si ergevano sul limitare delle piantagioni un tempo fiorenti di zucchero, cotone, caffè e tabacco, e che i turisti visitavano ogni giorno, erano in rovina. Nei quartieri più moderni della città si trovavano gli uffici governativi, i tribunali, gli ospedali, gli hotel di lusso a molti piani, i mercati – all'aperto e al chiuso – e una basilica. Molte delle colline che attorniavano il cuore pulsante della città erano disseminate di baracche di lamiera, casette di cemento più o meno ultimate, appiccicate l'una all'altra. Le pareti esterne erano state dipinte di rosa, giallo e verde carico, come nel tentativo di tramutarle in un mosaico sgargiante, da ammirare da lontano. Sulla cima di quelle colline svettavano magioni, ville, *palacios* cinti da muri sormontati da cocci di bottiglia.

«E così questo è il tuo paese?» le chiesi rammentando il suo sdegno quando, al nostro primo incontro, non mi ero resa conto che veniva da un altro posto.

«Una parte» rispose.

Tornammo nella suite, che aveva persino un caminetto bordato da affreschi raffiguranti episodi della storia dell'isola, compresa la rappresentazione di un porto schiavista con i mercanti armati di frusta accanto a una schiera di ragazzi africani nudi e vigorosi e giovani donne dai fianchi larghi.

«Credo sia pronto per voi, madame» ci comunicò la guardia del corpo che aveva portato il mio bagaglio.

«Ti ho preparato una sorpresa» aggiunse Callie.

Mi accodai a lei attraverso un lungo corridoio le cui pareti e il cui soffitto erano laminati d'oro. Un'altra suite simile a quella che mi era stata assegnata era adibita al guardaroba di Callie.

«Spero non ti dispiaccia» mi disse quando entrammo. «Ti ho fatto portare dei vestiti dal mio stilista personale. In taglie diverse, perché non sapevo quale fosse la tua.»

Un giovane uomo spinse avanti una rella appendiabiti e la parcheggiò tra lei e me. Iniziò a tirare fuori abiti da sera di lustrini e perline, e ad accostarli al mio corpo. Mi tornò in mente quando io e Callie giocavamo a travestirci nel nostro periodo insieme a Brooklyn. Sorseggiavamo tè finto in camera mia, mascherate da principesse, e persino allora era ovvio che solo una di noi stava *giocando* a fare la principessa. Ora mi pareva di essere tornata bambina. Provai un abito dopo l'altro mentre lei alzava o abbassava il pollice. Scelsi un abito nero a sirena, formale ma comodo.

«Alla fine del tuo articolo, "Sette",» disse Callie mentre turbinavo nella gonna a sirena «hai scritto che dopo che siamo ripartite da New York hai smesso di credere in principesse, castelli e favole. È vero?»

Smisi di volteggiare. Avevo sperato che leggesse il mio articolo, ma non pensavo che mi avrebbe addirittura invitato sull'isola a fornire spiegazioni.

«Non mi dispiace che tu abbia usato il mio nome» disse mentre mi sforzavo di formulare una risposta. «E sono contenta che tu non abbia citato il nome dell'isola. Solo le persone che la conoscono capiranno a chi ti riferisci. Ma te lo dico subito, nemmeno per me è stato tutto rose e fiori. Mia madre credeva che molti volessero morte anche me e lei.»

Iniziavo a chiedermi se l'articolo l'avesse turbata, considerato anche che per la rivista online non avevo mai scritto un pezzo simile. Scrivevo soprattutto recensioni di musica dal vivo e registrata, serie tv in streaming e via cavo, film e qualche evento di visual art. Ero uscita dal mio guscio per scrivere quel pezzo, che faceva parte di una rubrica molto popolare dedicata all'infanzia.

«Dimmi, Cal, il tuo stilista ha anche qualche amico libero in taglie diverse?» le chiesi cercando di cambiare argomento.

«Ci sono un paio di ministri che non sono delle mummie imbalsamate» rispose. «Ma l'ultimo ancora scapolo è fidanzato e in procinto di sposarsi.»

«Il ministro fidanzato di cosa si occupa?» volli sapere.

«Economia e Finanza.»

Dopo aver mangiato – un'insalata deliziosa a base di pollo e mango –, fatto la doccia ed esserci fatte pettinare e truccare dalle sue assistenti personali, Callie scese per raggiungere il marito. Io tornai nella suite e cercai "Economia" su Google. Economia era uno degli amici più intimi di Greg. Era basso e forzuto, come un culturista. Era anche uno degli scapoli più ambiti dell'isola, un playboy nazionale. Le sue ultime fiamme, prima del fidanzamento, erano state una cantante barbadoregna e un'attrice di Aruba. In tutte le fotografie aveva i ricci in perfetto ordine. Doveva passare molto tempo davanti allo specchio.

Il gala di Capodanno del primo ministro si teneva sotto il tendone nei pressi della discoteca all'aperto sul retro della residenza. Callie e Greg vestivano di bianco, lui portava un *dashiki* ricamato e lei un abito simile a una toga con lo scollo a barchetta che la luce intenzionalmente dorata metteva in risalto. Mentre accoglievano gli ospiti disposti in fila, Greg sembrava lasciarsi guidare da Callie, offrendo la stessa dose di cortesia o freddezza della moglie. Callie, e Greg di rimando, abbracciava calorosamente alcune coppie – perché erano soprattutto coppie – mentre rivolgeva appena un cenno ad altre.

Io osservavo la scena da una certa distanza, al tavolo d'onore, più piccolo rispetto agli altri cento, tutti decorati da candele bianche e alte composizioni di ibischi, anch'essi bianchi. Sparsi sui tavoli c'erano anche cappellini da festa, lingue di Menelik e trombette. Io sedevo accanto all'unico altro ospite del tavolo d'onore, almeno per il momento, ossia la madre di Callie. Indossava un tailleur pantalone nero, un girocollo di perle Conch rosa con orecchini a bottone coordinati, e una grossa spilla vintage filigranata a forma di farfalla.

Durante la loro fuga a New York avevo visto raramente la madre di Callie. Viveva rinchiusa in casa della signorina Ruby. Tutte le volte che Callie veniva da me a giocare, era la signorina Ruby ad accompagnarla. Avevo udito la signora Morrissete parlare brevemente la loro ultima sera a Brooklyn, quando la signorina Ruby ci aveva invitati a cena per dirci addio.

In occasione di quella cena la signora Morrissete aveva annunciato – con voce rauca, la faccia gonfia e gli occhi arrossati come quelli di Callie – che sarebbe tornata sull'isola perché, oltre alla figlia, era l'unica cosa che le rimaneva. Quella sera, mentre Callie sbocconcellava quel che aveva nel piatto e si guardava intorno con gli occhi pieni di lacrime, avevo anche appreso, sulla base delle domande che i miei genitori avevano garbatamente posto alla signorina Ruby, che gli africani deportati sull'isola dagli europei come schiavi secoli prima erano soprattutto di etnia igbo, nago, fulani e dahomey. (Avevo ascoltato attentamente per poter immaginare il luogo verso cui la mia triste amica avrebbe fatto ritorno). Appresi anche che la terra inesplorata nell'interno dell'isola era ricca di rame, argento e oro. Mentre la signorina Ruby parlava, all'incirca a metà della cena, la signora Morrissete aveva chiesto congedo e si era ritirata nella sua stanza. Callie l'aveva seguita poco dopo.

La signora Morrissete non sembrava più felice di quanto lo fosse stata a Brooklyn. Le spalle cadenti, la mascella tremante e lo sguardo, a tratti perso nel vuoto, a tratti basso, erano gli stessi di quella sera a cena. Le porsi le mie condoglianze per la morte della signorina Ruby che, avevo appreso nei miei scambi di e-mail con Callie, era deceduta alcuni anni dopo il loro ritorno sull'isola. Nelle sue e-mail Callie mi aveva anche informato che la signora Morrissete abitava nella stessa suite della residenza che lei, la madre e il padre avevano occupato come una famiglia, e che di rado si faceva vedere in pubblico, tranne un paio di volte all'anno.

Economia arrivò in smoking con la fidanzata, una velocista quattro volte medaglia d'oro alle Olimpiadi che era ancora considerata una delle donne più veloci al mondo. Indossava un abito da sera attillato color argento ed era tanto amata che, quando lei ed Economia raggiunsero i loro posti al tavolo d'onore, ci fu una standing ovation. Forse per non infastidire gli anfitrioni della serata, tutti rimasero in piedi finché anche Greg e Callie non si furono seduti.

Dopo che al tavolo d'onore si furono uniti anche i genitori di Greg e alcune coppie anziane che evidentemente erano influenti funzionari governativi o semplicemente persone ben ammanicate, io, Callie e Greg, Economia e la Velocista lasciammo la signora Morrissete e gli anziani alle loro pacate conversazioni e formammo una specie di conventicola giovane per discorrere di tutto, dagli ultimi successi musicali internazionali alle mode danzerecce, dai pettegolezzi riguardo celebrità sportive che la Velocista conosceva bene ai documentari e ai podcast d'inchiesta, fino a stilare una classifica di film e serie televisive popolari che avevamo visto, io per lavoro, loro per divertimento.

Di tanto in tanto Greg ed Economia coinvolgevano il resto del tavolo nella conversazione e, una volta superate le facezie, portavano all'attenzione degli anziani tematiche che ritenevano fossero state trascurate in passato, come la violenza di genere, la parità dei sessi, le unioni civili e la legalizzazione della marijuana, che secondo Economia avrebbe portato introiti sostanziosi nelle casse dello stato. Uno degli anziani al tavolo disse bruscamente a Greg che avrebbe fatto meglio a elaborare un'adeguata politica per l'immigrazione.

«Gran parte delle politiche per l'immigrazione sono essenzialmente politiche *anti* immigrazione» replicò in difesa del marito Callie, che all'università aveva studiato affari internazionali.

«Con tutto il dovuto rispetto, cara signora,» proseguì l'anziano «dobbiamo fare qualcosa per tutti gli haitiani che continuano ad arenarsi sulle nostre coste.»

«La mia amica Kimberly qui ha origini haitiane» disse Callie per metterlo a tacere. «I suoi genitori sono di Haiti.»

Al tavolo calò il silenzio. Tutti si voltarono a guardarmi, come per cercare nei miei tratti somatici e nel mio portamento tracce degli haitiani che conoscevano.

«Gli esseri umani migrano sin dagli albori dei tempi»

dissi io cercando di sfoggiare la gelida autorevolezza dell'anziano e impadronendomi di una delle lingue di Menelik che avrei voluto fischiargli in faccia.

«Naturalmente non è insolito che le persone si spostino altrove in cerca di opportunità migliori» continuai. «Scommetto che anche alcuni dei vostri concittadini si trasferiscono... se desiderano o hanno bisogno di qualcosa che qui non possono ottenere.»

«Perdoni la franchezza» mi interruppe l'anziano. «Ma al nostro paese occorrono anche persone che diano un valore aggiunto. Non soltanto individui bisognosi.» Quindi, rivolgendosi a Greg, l'anziano aggiunse parlando con il tono di chi vuole l'ultima parola: «Se le emozioni di sua moglie saranno l'arbitro delle sue politiche, non credo che resisterà a lungo in carica».

Misi giù la trombetta e mi sforzai di tenere a freno la rabbia. Dopotutto persone come quelle, persone che volevano difendere il proprio gruppo d'appartenenza, erano ovunque. Ma il giorno di Capodanno era anche l'anniversario dell'Indipendenza haitiana, perciò le parole dell'anziano mi punsero sul vivo.

«Non si preoccupi. *Io* non ho intenzione di rimanere» dissi facendo del mio meglio per sdrammatizzare.

Greg incenerì l'anziano con lo sguardo, poi fece cenno a un membro del suo staff di andare dal bassista della band che suonava in un angolo in ombra del tendone. La band e un dj si alternavano per fornire la musica di sottofondo, e Greg ora voleva che fosse la band a suonare.

Callie e Greg si alzarono per aprire le danze. Gli altri commensali li imitarono. Le uniche persone che non ballavano eravamo io e la signora Morrissete, sulla cui bocca imbronciata fiorì un sorriso mentre osservava la figlia volteggiare al ritmo di valzer con il marito, alto ed elegante, sulla pista da ballo.

Dopo il valzer, Callie, Economia e la Velocista tornarono a sedere e io vidi Greg tendere la sua mano curata verso di me.

«Non temere. Non ti farò ballare il valzer» mi rassicurò.

Il dj mise una lenta ballata americana, una di quelle canzoni la cui onnipresenza avevamo già ampiamente criticato. Risi di quella coincidenza. O forse non lo era.

«Sono contento che tu abbia accettato l'invito di Callie» mi disse. Il suo accento, come quello della moglie, era una commistione di molte lingue, anche se era più simile all'inflessione degli isolani che avevo sentito parlare sino ad allora.

«E io sono contenta che lei mi abbia invitato» replicai.

«Sono anni che Cal mi parla di te» mi spiegò. «Anche se vi siete frequentate per pochissimo tempo, la vostra amicizia l'ha segnata profondamente.»

Anch'io avevo pensato a Callie di tanto in tanto, domandandomi come se la fosse cavata dopo il suo ritorno in patria. Subito dopo che la madre di Callie aveva riportato la figlia e la zia sull'isola, ogni tanto i miei genitori telefonavano alla signorina Ruby, ma dopo alcuni mesi la donna aveva cambiato numero o aveva smesso di rispondere. Una volta avevo sentito dire ai miei genitori che si auguravano che Callie ricevesse il sostegno adeguato, e che la madre e la prozia non continuassero a fare finta che la sua vita non fosse stata segnata da un evento traumatico.

Quando ero alle superiori, i miei genitori avevano trovato alcune fotografie che papà aveva scattato a me e Callie mentre giocavamo. Avevano accennato a una vacanza sull'isola, ma quell'intenzione non si era mai concretizzata. Avevo ripensato a Callie all'università, ma rintracciarla era impossibile. Non aveva avuto un'identità digitale finché suo marito non era diventato primo ministro.

«Mi scuso per la xenofobia del mio compatriota» disse Greg mentre mi cingeva la vita con un braccio e posava la mano sulla mia scapola. Mi fece fare un mezzo giro, prima da un verso e poi dall'altro. Cercai di rilassarmi. Era un bravo ballerino e sapeva condurre magnificamente.

«Mi auguro solo che l'uomo che vuole buttare fuori la mia gente non sia il responsabile delle politiche migratorie» gli dissi. Dovevamo accostare le guance sudate per poter parlare.

«No» rispose. «È un amico dei miei genitori.»

Stavo per domandargli se anche la Velocista era un'amica di famiglia quando lui mi disse: «Ho letto il tuo articolo».

«Davvero?»

«Cal me lo ha fatto vedere.»

«E cosa ne pensi?» Mi sorse un dubbio, forse avrei dovuto sentirmi in ansia per l'articolo. Il mio racconto di un antico ricordo d'infanzia significava per queste persone più di quanto immaginassi.

«Ero ancora piccolo quando è successo,» disse «ma sono circolate voci orribili nella nostra cerchia ristretta riguardo alla fuga di Cal e della madre, il giorno dell'omicidio di suo padre.»

Lanciai un'occhiata verso il tavolo, in particolare verso la sedia occupata dalla signora Morrissete. Era vuota. Mi guardai intorno per cercarla sotto il tendone, ma non la vidi da nessuna parte.

«Che tipo di voci?» incalzai. Non volevo ficcanasare, ma sembrava che Greg non chiedesse altro.

«Il padre di Cal è stato tradito anche se era un primo ministro eccezionale.» Mi trasse vicino, come per sincerarsi che non perdessi nemmeno una sillaba di quel che diceva. «Aveva abbassato il tasso di disoccupazione, incentivato il turismo. Aveva costruito più strade, scuole e ospedali di tutti i suoi predecessori. Il nostro obiettivo è seguire le sue orme.»

«Sono stati individuati altri responsabili per la sua morte, oltre alla guardia del corpo?» domandai.

«Sono girate voci anche in quel senso,» rispose «ma solo la guardia è stata punita.»

Guardai verso il tavolo dove Callie chiacchierava con Economia e la Velocista. La canzone che io e suo marito stavamo ballando mi parve interminabile, poi mi resi conto che la musica, una ballata americana quasi identica alla prima, era cambiata senza che me ne accorgessi.

Quando il lento terminò, sentii l'intro di una canzone jazz, le corde pizzicate del basso. Smettemmo di ballare, come tutti gli altri sulla pista da ballo, e rivolgemmo la nostra attenzione ai musicisti. Il basso salì di volume, e a esso si unirono anche un sassofono brioso e un trombone vivace. L'assolo di basso riecheggiò come ponte per la tastiera e la batteria finché tutti gli strumenti parvero intonare urli primordiali.

«L'ho richiesta espressamente per te» bisbigliò Greg avvicinandosi a me quando il brano fu concluso. «*Haitian Fight Song* di Charles Mingus. Per farmi perdonare della scortesia del nostro amico di famiglia.»

Prima che potessi dire alcunché, il maestro di cerimonie, una celebrità della televisione locale, annunciò che era quasi mezzanotte. Apparvero camerieri con bottiglie di champagne e calici, mentre i cerimonieri, vestiti del nero e oro della bandiera nazionale, condussero tutti all'esterno per vedere lo spettacolo pirotecnico. Greg si allontanò in tutta fretta. Altri ospiti continuavano a fermarlo mentre cercava di ricongiungersi a Callie. Li persi di vista mentre la gente si riversava nel prato.

A mezzanotte si udirono squilli di trombette, tappi che saltavano, il tintinnio dei calici e lo scoppio dei fuochi d'artificio che esplodevano in cielo mentre tutti gridavano: «Felice anno nuovo». Scorsi Economia e la Velocista e Callie e Greg in prima fila, a scambiarsi abbracci. Vagai in giardino finché non trovai un posticino tranquillo per telefonare ai miei genitori e fare loro gli auguri. Ovunque mi trovassi, ci tenevano che fossi la prima persona a parlare con loro il primo giorno dell'anno.

«Callie sta bene?» mi chiesero subito dopo che ci fummo scambiati gli auguri per i dodici mesi a venire e per l'anniversario dell'Indipendenza haitiana.

«Sembra di sì» risposi.

«E sua madre?» domandò mio padre.

«Anche lei» risposi, anche se non ne ero convinta.

«Oh, bene» disse mia madre, sollevata.

Non so come, ma Callie apparve al mio fianco non appena riagganciai.

«Ti cercavo» mi disse. «Voglio mostrarti una cosa.»

Il giardino pensile della residenza era delimitato da fioriere di cemento traboccanti di bromelie rosse, brugmansie e strelitzie. Il fumo dei fuochi d'artificio impregnava l'aria mischiandosi al profumo più gradevole dei fiori. In ogni angolo c'era il tocco elegante di Callie, che ormai ero in grado di riconoscere alla luce di tutto ciò che avevo letto sulla sua nuova vita da quando avevo accettato l'invito. Plastici e sculture cinetiche seguiti da file di orchidee rare. Un bar cesellato a mano con amache e gazebo e, sotto una pergola illuminata da file di lucette, un lungo tavolo di palissandro offriva una straordinaria visuale panoramica della città.

Due uomini in smoking ci seguivano dappresso. Cercavano di essere discreti, ma il continuo brusio che proveniva dagli auricolari tradiva la loro presenza. Ci seguirono persino al parapetto di vetro che creava l'illusione che non ci fossero barriere tra noi e il panorama.

Stavo per chiedere a Callie di sua madre, quando mi disse: «Volevo che vedessi questo».

Indicò alcuni serpentine di luci che si muovevano attraverso la città. Erano persone, a centinaia, che vestivano di bianco e portavano delle candele, dirette alla volta del porto e del mare.

«La chiamiamo "dispersione"» mi spiegò. «Mentre si va verso il mare, si disperdono dal corpo e dallo spirito tutte le cose brutte che sono accadute nell'anno passato.»

«Lo hai mai fatto?» le chiesi.

«Tutti gli anni, dopo che sono tornata qui, con zia Ruby e la mamma» rispose. «E anche con Greg, da grande. Mi ha chiesto di sposarlo sulla spiaggia, dopo una processione come questa, tre anni fa.»

«Madame» intervenne una delle guardie del corpo. «Il primo ministro sta per fare il discorso.»

La trasmissione in diretta del discorso del primo ministro si svolgeva nella sala principale della residenza, caratterizzata dal soffitto alto quanto quello di una cattedrale e dal candore abbacinante delle tende, lunghe dal pavimento al soffitto. Quando arrivò, Callie accarezzò le guance del marito che intanto si lasciava imbellettare.

«Pensavo che te la fossi svignata» le disse.

«Signore, è tutto pronto» lo informò il giovane cameraman.

Callie si fece da parte appena prima che Greg iniziasse a parlare.

«Fratelli e sorelle» proclamò guardando l'obiettivo della cinepresa. «I nostri antenati furono costretti ad abbandonare tutto ciò che conoscevano. Alcuni si gettarono in mare dalle navi schiaviste perché sedotti dal sogno della libertà eterna. I nostri antenati avranno certamente sognato un giorno come questo, in cui ci saremmo raccolti per godere liberamente dei doni generosi della nostra terra per un altro anno ancora. Inauguriamo questo nuovo anno rendendo grazie per i nostri trionfi e i nostri dolori. Inauguriamo questo nuovo anno preannunciando il futuro che creeremo per le generazioni a venire. Io e mia moglie, Callie, auguriamo a voi e alle vostre famiglie un nuovo anno di salute, prosperità e gioia.»

Immaginai le persone che lo guardavano, piene di speranza. Non tanto per ciò che aveva detto, ma per *come* lo aveva detto. Forse per il tono della sua voce – pacato, cadenzato, fiducioso –, come un padre che fa un giuramento infrangibile ai figli.

Non li vidi entrare nella sala, ma prima che io e Callie avessimo il tempo di farlo, Economia e la Velocista andarono a congratularsi con l'amico per il discorso. Callie si unì a loro, e nel loro burlarsi e ridere spensieratamente l'uno dell'altro scorsi una specie di fulgore.

«Io vado a letto.» Greg afferrò Callie e la trasse a sedere sulle ginocchia mentre lei gli cingeva le braccia intorno al collo. «Domani io e Cal andiamo a far visita all'ospedale pediatrico.»

«Noi vi lasciamo da soli a discutere la questione dell'andare a letto presto come i vecchietti» disse Economia mentre per gioco colpiva i bicipiti dell'amico. «Noi usciamo di qui prima di essere contagiati.»

Ebbi solo qualche ora di sonno prima di partire per la visita all'ospedale pediatrico. Per qualche ragione credevo che Callie e Greg dovessero fare visite a sorpresa per cogliere in fallo il personale negligente, che sarebbe stato disonorato e punito per il misfatto. O forse era quello che speravo succedesse. Invece furono condotti, con i fotografi al seguito, in reparti tirati a lucido pieni di bambini che portavano pigiamini nuovi di zecca gentilmente offerti dall'ospedale. I bambini, distesi sui letti immacolati, alcuni con il gesso alla gamba, altri con la flebo attaccata, non sembravano nemmeno malati. Callie e Greg si fecero scattare fotografie con il personale di servizio, elargirono pizzicotti sulle guance e carezze sulla testa. Quella parve la parte preferita di Greg, che sostò accanto ai letti, solleticò i piedi e fece le smorfie ai bambini, a cui ovviamente era stato intimato di comportarsi bene e magari di sorridere.

Durante il viaggio di ritorno alla residenza, con Callie seduta in mezzo a noi, Greg mi chiese cosa ne pensassi di quella visita.

«Interessante» risposi mentendo.

Ma lui intuì che non avevo detto la verità e si finse scandalizzato. «Oh, no! Ti sei accorta che era tutta una messinscena? Non c'è modo di evitarlo. A meno che non ci presentassimo senza preavviso, e farlo per Capodanno sarebbe quantomeno imbarazzante.»

«A essere onesti, non puoi vedere il vero paese con noi» commentò Callie. «Domani chiederò a una delle guardie di accompagnarti a fare un giro. Ti porterà dove vuoi.»

Sarei stata comunque un'osservatrice, ma perlomeno sarei stata fuori dalla loro campana di vetro per alcune ore.

«Quando tuo padre era primo ministro, odiava anche lui queste mistificazioni?» chiese Greg a Callie.

«A lui piacevano» rispose lei. Poi, voltandosi verso di me, aggiunse: «Ero con papà la mattina del giorno in cui è morto. La sua ultima visita è stata a un orfanotrofio per bambini non vedenti. Dopo mi ha accompagnato a scuola, è andato al lavoro e non è più tornato a casa».

Siccome Callie pareva sul punto di piangere, Greg la abbracciò. Per un po' ascoltammo il rombo e le vibrazioni dell'auto in corsa.

«Anch'io ero a scuola quand'è successo» disse Greg infrangendo il nostro silenzio. «Mia madre è venuta a prendermi, come molti altri genitori quel giorno. I miei lavoravano per il Ministero della Salute a quei tempi. Siamo saliti in auto e siamo andati all'aeroporto. Ci siamo imbarcati su un aereo, un charter organizzato da alcune famiglie. Abbiamo aspettato a tornare sull'isola, come Callie, solo che noi ci siamo rifugiati in Belize finché le acque non si sono calmate.»

Mi chiesi come mai Callie e sua madre non fossero salite sul charter insieme agli altri.

«In ogni caso, meglio cambiare argomento» propose Greg. «Kim, raccontami com'era Callie a New York con te quando era bambina.»

«Era una vera peste» risposi scherzando.

«Non è vero!» protestò Callie.

Ripensai a uno dei momenti che non ero riuscita a inserire nell'articolo, riguardo alla prima volta che Callie aveva visto la neve.

Ci eravamo svegliate, raccontai a Greg, e avevamo trovato le strade ricoperte da una coltre bianca. Mia madre aveva chiesto alla signorina Ruby se Callie poteva venire con noi a Prospect Park. Callie, che saltellava da un piede all'altro, lanciava gridolini di gioia mentre aggrediva intere distese di neve intonsa con gli scarponi che le avevo prestato, lasciando linee di impronte profonde ovunque andassimo. Ero entusiasta di averle mostrato qualcosa che non aveva mai visto prima. Ciononostante si era rifiutata di tirar fuori la lingua e assaggiare i fiocchi di neve, come facevo io.

«E se continuasse a cadere dentro di me?» aveva chiesto.

Greg scoppiò a ridere.

«Non vedo l'ora di raccontare queste storie ai nostri figli» disse.

Quello che non gli raccontai è che quel giorno, mentre tornavamo da Prospect Park, Callie aveva chiesto a mia madre di poter restare con noi a New York e non tornare mai più sull'isola. Callie camminava in mezzo a noi, mano nella mano, quando la mamma si era accovacciata e le aveva garantito che sua madre l'amava e l'avrebbe sempre tenuta al sicuro. Probabilmente era tutto ciò che mia madre credeva di poter dire.

Anche allora avevo sospettato che la mamma e la signorina Ruby avessero parlato spesso, magari anche in presenza della signora Morrissete, della possibilità che Callie non tornasse subito sull'isola. Ma un mese dopo la morte del padre, una volta che il suo assassino era stato acciuffato e incarcerato, avevano stabilito che tornare era sicuro.

Callie mi trovò una guida turistica più discreta possibile, un uomo sui sessant'anni che non smetteva mai di masticare il chewing-gum e che portava jeans, maglietta bianca e il cappellino da baseball al contrario. Mentre ci dirigevamo in città mi chiese di salire sul sedile passeggero di quello che supposi fosse il suo fuoristrada personale per indicarmi i luoghi che non potevo assolutamente perdermi.

C'era il mercato del pesce sul lungomare, con decine di uomini e donne seduti sotto gli ombrelloni che vendevano pesci così freschi che ancora guizzavano nelle borse frigo e nelle ceste. Poi il Museo del Carnevale, il cui ingresso era decorato da un dipinto murale raffigurante una ballerina con il perizoma di lustrini e un copricapo piumato. Quindi il giardino botanico, che si diceva ospitasse uno degli alberi del pane più longevi al mondo. Poi il casinò, che non aveva niente da invidiare a nessuno dei casinò di Las Vegas con la sua facciata a vetri e un hotel annesso, altrettanto opulento. Infine il tribunale e il penitenziario nazionale, due edifici giallo carico le cui mura esterne erano più alte della fortezza vicina, che in epoca coloniale era stata impiegata come carcere e camera di tortura.

L'autista mi offrì una carrellata sommaria, un assaggio di tutto, spiegò, e se in seguito avessi voluto tornare a dare un'occhiata, non dovevo che dirglielo.

«Può mostrarmi un ospedale vero?» domandai.

Quella richiesta suonò offensiva persino alle mie orecchie. Eppure l'autista parve capire ciò che intendevo. Prima che potessi spiegarmi meglio, uscì dalla via principale e trovò una stradina sterrata che si restringeva in un sentiero collinare disseminato di scatole di polistirolo, bottiglie di plastica, vecchi stracci semisepolti nella terra rossa. A un lato dell'automobile c'era una fila di uomini che lavavano le moto a noleggio in un ruscello fangoso, e dall'altro lato le donne cucinavano cibo da vendere in pentoloni posati su pietre e legnetti. Probabilmente era una delle baraccopoli che avevo visto dal giardino pensile della residenza.

L'autista abbassò il finestrino, forse affinché potessi sentire l'odore del carbone che si trasformava in cenere sotto i pentoloni, e i fumi di scarico che provenivano dalle motociclette che sfrecciavano avanti e indietro. Udii le venditrici ambulanti e i clienti mercanteggiare nel *patois* dell'isola.

«Siccome è quello che tu volevi vedere, sì, anche *nou* abbiamo gente povera» disse l'autista biascicando le parole come per provocarmi.

Il sentiero si restringeva ulteriormente e oltrepassammo tettoie di lamiera ondulata, alcune chiuse da teli sfilacciati. C'erano bambini dappertutto. A quel che sapevo, i minori costituivano quasi un quarto della popolazione dell'isola. I bambini erano sui tetti, se di tetti si poteva parlare, a far volare gli aquiloni. Erano seduti in cerchio – dove il terreno non era troppo fangoso – a giocare a biglie. Apparivano all'improvviso in mezzo alla strada, bambine e bambini che scorribandavano intorno alle venditrici ambulanti.

L'ospedale occupava un intero isolato su una strada piena di decine di piccole farmacie. Al cancello, sorvegliato da guardie armate, c'erano contrabbandieri di medicinali che mostravano la lista dei loro prodotti a tutti quelli che entravano o uscivano.

Il cortile anteriore dell'ospedale era invaso da persone distese su lenzuola o pezzi di cartone. Chi stava per terra era già stato smistato, chi era in piedi nella lunga fila che scompariva sul retro del parallelepipedo a due piani aspettava ancora di vedersi assegnare un numero.

Sotto un ylang-ylang in fiore c'era l'angolo delle madri e dei bambini. Molte delle donne incinte erano accompagnate da altre parenti o dai rispettivi compagni, che di tanto in tanto offrivano loro da bere o agitavano un ventaglio per scacciare le mosche. I genitori dei figli ammalati sudavano e si torcevano le mani. Alcuni mormoravano preghiere mentre cullavano una versione in miniatura di se stessi.

Tra i bambini con la tosse convulsa e le ferite avvolte in camicie intrise di sangue, intravidi una bambina il cui corpicino emaciato appariva da sotto l'abito candido della prima comunione. I capelli radi erano raccolti in una crocchia stretta al centro della testa. Le palpebre le frullavano come se fosse troppo stanca per restare sveglia. Sembrava avere la stessa età di me e Callie quando ci eravamo conosciute.

Mi tornarono in mente i miei genitori, due pediatri che si erano presi cura dei bambini ammalati per tutta la vita, bambini anche più sani di quelli che avevo di fronte. Capii il motivo per cui, in veste di medici e potenziali guaritori, avevano voluto che seguissi le loro orme. Capii anche il motivo per cui non ci ero riuscita. La loro occupazione avrebbe spezzato il mio spirito. Il fatto di non poter raggiungere, aiutare o salvare ogni singolo bambino mi avrebbe portato alla distruzione.

«Come ti chiami, tesoro?» domandai alla bambina.

Era troppo debole per rispondere. La madre mi porse un biglietto plastificato, il tesserino sanitario della figlia. La madre si chiamava Prudence. La figlia Mercy. Evidentemente non era insolito che le donne dell'isola portassero il nome di una virtù.

Mi frugai in tasca e tirai fuori tutti i soldi che avevo con me, che ammontavano a duecentocinquanta dollari americani. Mi chinai e con discrezione li schiacciai nella mano della madre mentre le restituivo il tesserino.

Durante il viaggio di ritorno chiusi gli occhi e cercai di non vedere niente. Alla residenza, la segretaria personale di Callie mi venne incontro quando scesi dall'auto per informarmi che Callie e Greg erano via per impegni ufficiali e che non sarebbero tornati prima di sera.

Salii nella suite e telefonai ai miei genitori. Risposero entrambi e mi chiesero se avessi trascorso più tempo con la signora Morrissete, e io risposi che non la vedevo dalla sera dell'ultimo dell'anno. Mi chiesero ancora di Callie e se stava bene.

«Vi racconterò tutto quando tornerò a casa» tagliai corto.

Contattai la mia redattrice, diedi un'occhiata al sito della rivista, lessi un paio di articoli appena pubblicati online, quindi mi misi a scrivere un altro pezzo, stavolta sul mio giro dell'isola.

L'indomani mattina, nel corso della colazione, servita nel giardino pensile al tavolo di palissandro sotto la pergola, Callie mi comunicò che ero stata invitata con lei e Greg al matrimonio di Economia e della Velocista che, a quanto emerse, era stato frutto di una decisione improvvisa. Le nozze sarebbero state celebrate di lì a due giorni.

«Sicura che posso venire?» chiesi.

«Ma certo» rispose lei. Poi, guardando verso la città riarsa dal sole e il mare verdeazzurro in lontananza, mi domandò: «Com'è andato il giro di ieri?».

«Bene» risposi. «Ho visto tante cose.»

«La guida è disponibile anche oggi» aggiunse.

«Preferisco restare qui a lavorare» dissi.

Pensai che mi avrebbe rimproverato perché intendevo lavorare durante quella che doveva essere una vacanza, ma non lo fece. «È da un po' che leggo i tuoi articoli» mi confidò invece. «Ho cercato il tuo nome su Google due anni fa, ed è saltata fuori la rivista, e ti leggo da allora. Non ero sicura che ti ricordassi di me finché poi, alcuni mesi fa, non ho letto l'articolo in cui parlavi della nostra amicizia.»

«Mi auguro non ti dispiaccia che abbia scritto di te» dissi.

Recuperò una grossa borsa di pelle appesa allo schienale della sedia. Se la posò in grembo e tirò fuori una scatola rotonda di velluto rosa con un fiocco lilla sul coperchio. La conoscevo bene. Gliela avevo regalata quando avevamo sette anni. Dentro c'erano cinque fettucce di taffetà, chiffon, broccato, damasco e percalle, i nastri variopinti che le avevo donato. Occupavano ognuno uno scompartimento foderato di velluto ed erano ancora avvolti intorno alla bobina di plastica, come se non fossero mai stati toccati.

Il pomeriggio successivo mi accompagnò a vedere le ceneri di suo padre nel complesso museale nazionale intitolato a Charles Morrissete. Sulle pareti dell'atrio cavernoso c'era una serie di gigantografie, probabilmente ritratti ufficiali di un uomo magrissimo, scuro e dagli zigomi prominenti che sembrava aver indossato soltanto completi con la giacca alla Nehru, lunga fino ai fianchi. Callie somigliava molto più a lui che alla madre, che non riuscivo a immaginare con la stessa postura fiera e lo stesso sguardo luminoso davanti a una macchina fotografica.

In una nicchia di fronte ai ritratti c'era un'urna d'argento, un cubo lucido protetto da strati di vetro infrangibile. Incisa sul coperchio dell'urna, in un corsivo di dimensioni notevoli, c'era la frase PADRE DELLA NAZIONE E MARTIRE PER LA SUA CAUSA. Sull'urna c'erano anche il nome di Charles Morrissete e le date di nascita e di morte, distanti l'una dall'altra esattamente trentanove anni e tre mesi.

«So che è una follia,» disse Callie «ma per anni e anni ho desiderato che quel giorno fossimo morti tutti insieme, io, lui e la mamma.»

La abbracciai, perché non sapevo che altro fare.

«Continuavo a sperare che si fosse nascosto da qualche parte, come noi a Brooklyn» aggiunse.

Mi guardai intorno e vidi che non c'era nessuno nei paraggi, nessun direttore, nemmeno una guardia. Il museo era stato lasciato vuoto per noi.

«La mamma ha sofferto molto per colpa mia» spiegò poi. «Ecco perché non avrò mai dei figli. Greg ne vorrebbe, ma io no.» Inclinò la testa di lato e incrociò le braccia sul petto. «Non voglio figli» ribadì. «E presto dovrò dirglielo.»

Il matrimonio di Economia e della Velocista si tenne in aperta campagna, sulla costa, in un piccolo villaggio di pescatori di nome Maafa. Non c'erano alberghi a Maafa, solo le capanne dei pescatori, guardiole, casupole, un paio di ville simili alla residenza collinare dove avrei alloggiato con Callie e Greg e il resto degli invitati.

Al tramonto ci raccogliemmo tutti sulla spiaggia a forma di ferro di cavallo che si estendeva tra morbide dune e il lungomare fiancheggiato da coccoloba uvifera, incorniciata da torreggianti scogliere calcaree che emergevano dall'acqua turchina. Erano presenti i genitori di Economia e della Velocista, insieme a un totale di venti fratelli e sorelle, zie e zii, e nipoti. Tutti, tranne gli sposi, che indossavano un semplice abito di seta e uno smoking, portavano tute da ginnastica, che per fortuna Callie aveva procurato anche a me.

La cerimonia si sarebbe tenuta in una parte depressa della spiaggia, un oculo accessibile attraverso una serie di gradini scolpiti nella pietra rosea della spiaggia. Greg era sia l'officiante che il testimone dello sposo. Mentre ascoltavo Economia e la Velocista recitare i tradizionali voti nuziali, non riuscii a staccare gli occhi da Callie. Si sforzava di apparire attenta, invece aveva un'aria preoccupata e sperduta, un po' come quando l'avevo incontrata a Brooklyn. Tranne per le lacrime.

Il ricevimento si tenne nella villa che ci ospitava. Cenammo a un lungo tavolo accanto a una piscina a sfioro che si affacciava sulla baia. Io sedevo tra Callie e uno degli zii della Velocista che aveva trascorso tutto il pomeriggio a indottrinare Greg su qualsiasi argomento, dal cricket al calcio, dal Fondo Monetario Internazionale alla Banca Mondiale. Per fortuna, c'era un magnifico cielo stellato da guardare ogni volta che stralunavamo gli occhi.

Dopo cena, sulla spiaggia divampò un muro di fiamme. Era il momento del falò nuziale che, stando a Callie, sull'isola era una tradizione senza tempo.

«Se la donna a questo punto ha qualche ripensamento, si getta nel fuoco» scherzò mentre gli altri si alzavano dal tavolo e si dirigevano verso la spiaggia. Greg le offrì la mano, ma lei gli fece cenno di unirsi agli altri.

«Tutto bene?» le chiese.

Callie annuì, e lui si allontanò a malincuore.

Poi lei si abbandonò sulla sedia e alzò lo sguardo al cielo. Siccome intuii che non si sarebbe mossa da lì, rimasi a farle compagnia.

«Pensavo che sarebbe stato un matrimonio faraonico» ammisi.

«È dura organizzarne uno in così poco tempo» disse sorridendo, finalmente. «E poi credo che volessero una cerimonia informale e romantica.»

Una serie di lampi balenò in mare aperto, molto lontano dalla spiaggia. Callie si protese per scrutare il cielo verso quella direzione, ma non seguì alcun tuono. Non c'era nemmeno segno della luna, cosa che accentuava la luminosità dei lampi e delle stelle.

«Hai mai pensato di candidarti come primo ministro?» chiesi a Callie quando i lampi cessarono.

Ricordavo di aver letto un'intervista su internet, registrata per uno dei canali televisivi dell'isola, in cui le era stata posta la stessa domanda appena dopo che il marito aveva vinto le elezioni. Ne era parsa infastidita, aveva sospirato udibilmente e serrato la mascella dimenandosi inquieta sulla sedia.

«Considerato quel che è successo a mio padre, capirà il motivo per cui quella carica non avrebbe alcuna attrattiva per me» aveva risposto.

«Al momento preferisco essere conosciuta come la moglie di un astro nascente che come la figlia di un grand'uomo defunto» mi confessò quella sera sul bordo della piscina.

«Non ci sono altre possibilità per te?» le chiesi allora.

«Forse sono le uniche che ho mai preso in considerazione» rispose.

«E tua madre? Cosa ne pensa?» la incalzai.

«Non hai idea dei sacrifici che ha dovuto fare» sbottò agitando la testa nella mia direzione. Ma la sua rabbia non sembrava diretta necessariamente a me, o perlomeno non del tutto.

Osservammo le sagome danzanti degli sposi e degli invitati intorno al falò. Dal punto in cui ci trovavamo, le teste di Economia e della Velocista sembravano appartenere allo stesso corpo, nonostante il contrasto cromatico dei loro abiti, uno bianco e l'altro nero. Il vento trasportava verso di noi le loro risa, insieme alla voce di una donna che rievocava la festa a casa sua in cui la coppia si era conosciuta, e del periodo di separazione, quando la Velocista aveva gareggiato all'estero, dopo il quale i due erano tornati insieme.

«Dopo l'assassinio di mio padre, tutti ci hanno abbandonate qui» disse Callie sovrastando la voce della donna. «Tutti sono saliti sui loro charter e si sono dimenticati di noi.»

«Perché lo hanno fatto?» le chiesi.

«Forse per paura. O forse pensavano che avessimo altri mezzi per lasciare l'isola. Non lo so. Quel che conta è che ci hanno abbandonate.»

Dalla spiaggia si levò un altro scroscio di risa che soffocarono il mugghiare delle onde; poi, attutita dalla distanza, ci giunse la voce di Greg che proponeva un brindisi. «Che il vostro amore» disse «possa brillare sempre come il fuoco di questa sera.»

«Ben detto! Bravo!» fecero eco gli altri.

«Dopo che la mamma è venuta a prendermi a scuola, non siamo potute tornare alla residenza a recuperare le nostre cose perché non sapevamo cosa ci aspettava» proseguì Callie. «Perciò mia madre è andata all'aeroporto e ha supplicato di farci salire su un aereo. Non avevamo nemmeno i soldi per il biglietto.»

«Che la vostra passione possa ardere come il fuoco di questa sera» aggiunse Greg.

«L'uomo che ha dato i biglietti e i documenti alla mamma per salire sull'aereo? L'ha costretta a seguirlo in una stanza appartata prima di accontentarla» raccontò Callie. Parlò recisamente, con tono risoluto. «Io sono dovuta restare fuori dalla stanza. Ho dovuto ascoltare mentre l'uomo godeva, godeva, godeva. A un certo punto ho aperto la porta. Le stava sopra.»

«Che riusciate a superare incendi più grandi di questo l'uno per l'altra» concluse Greg. «Che il vostro amore sia una fiamma eterna.»

«Volevo entrare e spingerlo via» disse Callie. «Via da lei, insomma. Ma la mamma mi ha visto sulla soglia. Mi ha fatto cenno con la mano, una mano sola, di aspettare. Le ho obbedito. Ho aspettato, perché chissà come sapevo che, non appena fosse finito, avremmo avuto il permesso di partire. Ma di quell'episodio sono circolate altre versioni. La gente raccontava che al suo posto c'ero io. Hanno detto che l'uomo mi aveva fatto sedere sulle sue ginocchia e mi aveva toccato dappertutto mentre la mamma stava a guardare. Hanno detto che era quello il prezzo che avevamo pagato per salire sull'aereo.»

Il falò sulla spiaggia iniziò a crepitare, le fiamme a estinguersi. A un tratto ebbi la sensazione di stare su una profonda linea di faglia che separava lei e tutti gli altri presenti al matrimonio. La differenza tra lei e loro era netta quanto l'abisso che divide coloro che sono scampati incolumi a una catastrofe e coloro che ne sono usciti irrimediabilmente mutilati.

«Capisci» mi disse. «Nessuna storia è mai completa.»

La notte della vigilia dell'Epifania, i miei genitori mi facevano lasciare le scarpe fuori dalla porta della mia cameretta affinché un angelo le riempisse di nastri mentre dormivo. Prima che mi addormentassi, mi raccontavano dell'infelice decisione presa da quell'angelo, che dicevano avesse l'aspetto della donna più bella che io avessi mai visto. I Re Magi avevano chiesto all'angelo di unirsi a loro per portare oro, incenso e mirra a Gesù Bambino e, per qualche motivo, l'angelo aveva rifiutato il loro invito. L'angelo non si era mai perdonato quella decisione, diceva mia madre, ragion per cui portava piccoli doni ai bambini la notte della vigilia dell'Epifania.

Dopo il nostro incontro, avevo desiderato essere l'angelo di Callie e regalarle tutti i miei nastri. In qualche modo percepivo il suo bisogno di essere avviluppata dall'affetto e protetta dai legami. Forse ne aveva ancora bisogno. Forse era per quello che aveva conservato quei nastri per tutta la vita.

L'indomani mattina mi svegliai presto per veder sorgere il sole sulla spiaggia di Maafa. All'alba pareva che le nuvole riversassero oro fuso sui promontori e sulle scogliere, così come nel mare. La sabbia bianca come farina si tingeva del colore della margarina. Quella, mi resi conto, era una delle spiagge dorate che Callie mi aveva descritto quando avevamo sette anni.

Lasciammo Economia e la Velocista alla loro luna di miele a Maafa e tornammo alla residenza appena in tempo per assistere agli ultimi istanti della benedizione dell'arcivescovo dell'isola per il giorno dell'Epifania, un favore personale che il religioso accordava ogni anno alla signora Morrissete. La donna indossava una giacca in bouclé color malva e una gonna nera. Stringeva un rosario e teneva la testa china mentre seguiva l'arcivescovo per tutto il primo piano e l'alto religioso aspergeva acqua santa e salmodiava benedizioni e preghiere.

Dal caos della vita, disse l'arcivescovo, sarebbe discesa la pace su quella casa e su tutti coloro che la abitavano.

L'arcivescovo si avvicinò a Callie e Greg e asperse le loro teste chine con l'acqua santa. Poi, prima di andarsene, impartì la benedizione sulla signora Morrissete, che si prostrò facendosi tre segni della croce con gli occhi ermeticamente chiusi.

La signora Morrissete aveva fatto preparare il pranzo per tutti e quattro. Ci fu servito, in maniera impeccabile, al tavolo di palissandro sotto la pergola del giardino pensile. Il menu comprendeva uno stufato di maiale al curry che non riuscii a mangiare perché continuavo a osservare la signora Morrissete, interpretando in modo nuovo il dolore, ora più manifesto, che si celava sotto il suo sorriso tentennante.

«Com'è stato il matrimonio?» chiese a Callie.

«Bellissimo» rispose la figlia.

«Hanno pianto?» domandò a Greg.

«Come fontane» rispose lui, anche se io non ci avevo fatto caso.

«Non dimenticherò mai la gentilezza con cui la tua famiglia ci ha accolto a New York» mi disse. «Salutami tanto i tuoi genitori, mi raccomando.»

Per dessert ci servirono la *galette des rois,* la torta dei re che anche i miei genitori mangiavano per l'Epifania. Il Bambin Gesù piccolo e scuro, nascosto nel ripieno e nella guarnizione che portava fortuna a chi lo trovava, finì nel mio piatto e, quando me ne accorsi, strillai come avevo sempre fatto, come fossi ancora una bambina.

Callie e Greg dovevano partecipare alla parata ufficiale per l'Epifania e avevano fretta di partire. Io sarei andata con loro.

«Mamma, tu vieni?» le domandò Callie con esitazione come se già conoscesse la risposta.

La signora Morrissete scosse la testa.

Callie si trattenne un poco in sua compagnia dopo averle dato un bacio per salutarla. Poi, mentre io e Greg aspettavamo davanti all'ascensore, Callie e sua madre si alzarono e si incamminarono verso i gazebo. Si diressero verso il parapetto di vetro, aggrappandosi al bordo. Rimirarono la città vecchia e nuova, gli edifici e il mare, girarono la testa di qua e di là, lo sguardo che indugiava su qualche particolare e sorvolava su tutto il resto. Mi parve, in quel momento, che insieme stessero sorvegliando l'intera isola, come se ne fossero state le ultime sentinelle.

Approdi

Arnold impiegò sei secondi e mezzo per cadere da un'altezza di centocinquanta metri. In quel lasso di tempo gli apparve davanti agli occhi l'immagine del figlio: Paris, con la camicia rossa e i pantaloni beige dell'uniforme scolastica il suo ultimo giorno di elementari. Quel mattino la madre di Paris, Darline, aveva saltellato su e giù per l'appartamento cambiandosi d'abito come se fosse stata lei ad andare alle medie. Serrando gli occhi con forza mentre il vento caldo attraverso cui precipitava gli sferzava la faccia, Arnold vide Paris alla cerimonia in classe. Vide anche se stesso accanto a Darline, che finalmente aveva scelto un abito svolazzante di raso color zaffiro. Lui portava il completo nero che metteva in ogni occasione, per i matrimoni come per i funerali.

Uno dei motivi per cui Arnold non possedeva troppi oggetti superflui erano le dimensioni risicate dell'appartamento a due camere, ma in parte aveva anche a che fare con il suo non volersi sentire legato. Essere attaccato a poche persone selezionate gli andava bene – a Paris e Darline, che facevano parte di lui quanto il sangue che gli scorreva nelle vene – ma non aveva mai voluto legarsi agli oggetti, ai vestiti e alle scarpe che raccoglievano polvere negli armadi stipati, alle macchine di lusso che esigevano il pagamento di rate mensili astronomiche. No, era più semplice essere liberi. Liberi come quella caduta, che non aveva provocato né scelto, il tuffo che era risultato dallo slittare del piede sinistro sul ponteggio e il corpo che sgusciava fuori dall'imbracatura, troppo lasca o allacciata male, come se una mano adirata avesse tirato via le cinghie, rovesciandolo di lato e scagliandolo nel vuoto. Poi il suo corpo, nel tentativo di recuperare il controllo, aveva corretto l'inclinazione iniziale della caduta così che ora Arnold stava precipitando a capofitto verso il suolo, che non era di cemento bensì di terra da cui erano stati estirpati erba, cespugli e fiori per fare spazio a un hotel a quarantotto piani.

Stava ancora cadendo, accelerando di secondo in secondo. Il vento opponeva sempre più resistenza, ogni folata era un velo duro e azzurro da squarciare, mentre il terreno saliva vertiginosamente per andargli incontro. Il suo corpo virò a sinistra, e subito sotto di lui apparve la canala di scarico della betoniera, uno di quegli aggeggi che somigliavano a navicelle spaziali.

Qualche ora prima stava appunto osservando la betoniera mentre sedeva sul ponteggio a fare colazione. Darline avrebbe voluto che mangiasse a casa con lei e Paris, ma lui andava sempre di fretta, tranne nei rari fine settimana in cui nessuno dei due doveva lavorare. Durante la settimana, accompagnava in auto Darline al ristorante haitiano dove lavorava come cuoca, quindi lasciava Paris a scuola. Quando arrivava sul cantiere, aveva giusto un paio di minuti per comprarsi un dolcetto ripieno di marmellata di *guava* e una tazza di caffè al chiosco dei fratelli Lopez.

Che ragazzi intraprendenti, i Lopez. Erano arrivati da Cojímar appena cinque anni prima, a bordo di una zattera ricavata da una Chevrolet degli anni Cinquanta rabberciata alla meglio, e guardali ora. La storia della zattera dei Lopez, che una volta Arnold aveva sentito raccontare a un altro cubano mentre aspettava la colazione, gli aveva fatto ripensare al suo approdo, che era stato assai diverso dal loro.

Darline era l'unica persona seduta sulla spiaggia alla luce dell'aurora, la mattina in cui il capitano aveva scaricato lui, altri nove uomini e quattro donne in alto mare, ordinando loro di arrivare a riva a nuoto. Il mare quel mattino era relativamente calmo. Man mano che Arnold si avvicinava alla spiaggia, aveva notato gli edifici svettanti, i palazzi di cristallo di cui aveva sempre sentito parlare.

Le quattro donne erano annegate. Non sapevano nuotare. Forse i loro corpi sarebbero stati trasportati dal mare e lasciati sulla spiaggia, proprio come il suo, solo che lui era ancora vivo. Anche alcuni uomini che erano sulla barca con lui erano ancora vivi. Giacevano sulla spiaggia e cercavano di convincersi, affondando i talloni e le dita dei piedi nella sabbia, di non essere più in balia del mare. Lui, invece, era rimasto lì seduto a guardarla. Non voleva avvicinarsi e spaventarla. Puzzava, ed era sicuro che la barba a chiazze che gli era cresciuta durante la traversata gli conferiva un aspetto minaccioso. Darline lo fissava di rimando. Poi si erano udite le sirene e lui aveva iniziato a supplicare.

«*Ede m*», aiutami, le aveva comunicato muovendo solo le labbra. Non voleva essere portato in un centro di detenzione o rimpatriato. Voleva restare. *Doveva* restare, e sperava di farlo accanto a lei. Darline avrebbe potuto essere chiunque; una persona qualsiasi che si trovava sulla spiaggia quel mattino ed era disposta ad aiutarlo. Ma Arnold era felice che fosse lei. Aveva l'impressione che si fossero dati appuntamento, un incontro combinato da qualcuno che nessuno dei due conosceva.

Le sirene l'avevano fatta sussultare, si era alzata, era andata verso di lui e lo aveva preso sottobraccio di modo che, se la polizia fosse arrivata mentre si allontanavano insieme, avrebbero potuto essere arrestati o ignorati, ma qualsiasi cosa fosse successa a uno sarebbe sicuramente successa anche all'altra, perché agli occhi di chiunque parevano una coppia, anche se lei era asciutta e lui bagnato fradicio.

Mentre si dirigevano verso il parcheggio distanziandosi dagli altri uomini, ancora intontiti e disorientati, Arnold aveva udito uno di loro gridare qualcosa a Darline, ma lei non si era voltata neppure. Lui l'aveva seguita dappresso e, anche se alcuni dei compagni di viaggio lo chiamavano per nome, non si era mai girato, come lei.

Uno degli uomini aveva gridato: «Ti aspettava tua moglie, eh?».

Un altro: «Non lasciarci qui, ti prego».

Due di loro provarono a inseguirli, ma subito si arresero. Darline camminava troppo veloce e gli uomini erano troppo stanchi. Anche Arnold sarebbe rimasto indietro se lei non lo avesse sostenuto. Darline si era accostata a lui e gli aveva bisbigliato: «*An n ale, an n ale*», andiamo, e aveva allungato il passo.

La piccola utilitaria bianca di Darline era coperta di graffi e ammaccature. Arnold aveva dimenticato di essere fradicio finché lei non gli aveva offerto l'asciugamano su cui sedeva sulla spiaggia. Lui aveva scosso via la sabbia prima di stenderlo sul sedile del passeggero.

«Se fossi rimasto, ti avrebbero portato al Krome» gli aveva detto lei.

Arnold non aveva idea di cosa o dove fosse il Krome.

«È una prigione per gente come noi» gli aveva spiegato.

Noi? Cosa intendeva con "noi"? Era un modo per dirgli che anche lei era arrivata con un barcone? Che era stata detenuta in quel posto, il Krome?

Avrebbe voluto farle decine di domande. Voleva sapere perché avesse scelto proprio lui. Perché aveva salvato Arnold e non gli altri? Sul sedile posteriore dell'auto ci sarebbe stato posto per altri tre uomini. Ma più che curiosità, aveva sete. Una sete atroce.

Proprio come ora, mentre stava cadendo.

Aveva appreso, mentre era in mare, che il tempo può dilatarsi all'infinito e che il vento e l'aria possono prosciugarti, costringendoti a vedere quel che non esiste. Avevano terminato l'acqua potabile a metà del viaggio da Port-de-Paix, sulla costa settentrionale di Haiti, e avevano dovuto bere l'acqua di mare o la propria urina. Una traversata che avrebbe dovuto durare al massimo due giorni si era protratta per quattro, perché il capitano continuava a cambiare rotta e una volta avevano persino cambiato imbarcazione per evitare schermaglie con la guardia costiera statunitense.

Prima che potesse chiedere dell'acqua, dal sedile posteriore Darline aveva recuperato una bottiglia da un pacco che ne conteneva più di una dozzina. Se la polizia non fosse arrivata con elicotteri, radiomobili, ambulanze e cani al seguito, Arnold avrebbe potuto portare un po' di quell'acqua alle persone che aveva abbandonato sulla spiaggia.

I cani della polizia che aveva sentito abbaiare, gli aveva detto lei, erano cani molecolari addestrati alla ricerca di cadaveri. Venivano sguinzagliati sulla spiaggia per rinvenire i cadaveri che potevano essere nascosti alla vista, perché per ogni persona che approdava in vita altre cinque morivano. Perché non si era rituffato in mare per salvare gli altri? O almeno trascinare fuori uno dei cadaveri? La fame e la sete, la debolezza nelle gambe, gli avevano fatto temere di annegare se si fosse ributtato in acqua: la paura di essere catturato lo aveva reso pazzo, o egoista.

Aveva bevuto l'acqua con tanta foga da strozzarsi. Lei gli aveva tolto la bottiglia vuota e gliene aveva data un'altra piena. Arnold aveva tracannato anche quella.

«Dove ti accompagno?» gli aveva chiesto.

Era abituata a farlo, si era reso conto. Faceva l'autista volontaria per i profughi. In seguito, Darline gli avrebbe raccontato che lo aveva fatto per altre diciassette persone, comprese donne e bambini.

Adesso si sentiva doppiamente in colpa per le persone che si era lasciato indietro, uomini e donne che conosceva appena quando si erano imbarcati a Port-de-Paix, ma con cui era entrato in confidenza durante il viaggio, al salire della nostalgia di casa e del mal di mare, man mano che tutti si riducevano a carcasse di pelle ustionata e ossa sporgenti. Gli altri superstiti adesso avrebbero dovuto affrontare il proprio dolore *e* la polizia di frontiera. La maggior parte, se non tutti, sarebbe stata rimpatriata. Darline lo aveva salvato da tutto ciò.

«*Ou grangou?*» gli aveva domandato lei una volta che l'acqua che gli aveva offerto aveva diluito il sale che aveva nello stomaco.

Prima che lui potesse rispondere, Darline si era accostata allo sportello di un fast food e aveva ordinato due sacchetti pieni di cibo. Benché fosse il primo cibo che consumava in quel paese, Arnold non sarebbe più riuscito a mangiare burrito a colazione. Ne aveva ingurgitati sei, quindi li aveva vomitati tutti nel bagno del fast food.

Dopo essersi ripulito, si era seduto in macchina nel parcheggio, cercando di decidere cosa fare.

«Non porto mai nessuno a casa mia» gli aveva detto Darline.

Arnold aveva sperato che ciò significasse che per lui avrebbe fatto un'eccezione perché, ora che aveva mangiato e non aveva più sete, l'aveva osservata lungamente e aveva trovato il suo corpo, statuario e proporzionato, avvenente quanto il suo viso.

«C'è un centro di accoglienza...» Darline aveva rimesso in moto senza terminare la frase.

Lo aveva accompagnato in un centro parrocchiale, dove

Arnold aveva fatto la conoscenza di uomini come lui, uomini che erano arrivati in barca da Haiti, dalle Bahamas e da Cuba. Aveva imparato lo spagnolo dai dominicani per cui aveva lavorato come magazziniere sul confine e aveva colto alcuni giri di frase e modi di dire dai cubani del centro, i quali alla fine lo avevano aiutato a trovare lavoro al cantiere.

Alcuni giorni dopo che era stato lasciato al centro, Arnold stava giocando a domino con i nuovi amici mentre guardava la televisione appesa a una parete della sala ricreativa, quando aveva visto il triste servizio di un barcone che si era capovolto nelle acque vicino a Turks e Caicos. Erano stati trovati dodici corpi: sette uomini, cinque donne. Altri dieci mancavano all'appello.

Arnold pensava che non avrebbe più rivisto Darline, ma non appena aveva iniziato a lavorare lei era passata a fargli visita. Erano usciti in cortile, dove si trovavano delle altalene arrugginite. Le altalene gli avevano fatto tornare in mente che il centro poteva ospitare anche bambini, ma grazie al cielo in quel momento non ce n'erano. Davanti alle altalene c'era un campo da baseball, con il graffito di adulti e bambini che giocavano in una foresta tropicale invasa da palme da cocco. Si erano fermati accanto alle altalene.

«Ho un figlio» gli aveva detto Darline. «Suo padre è morto in mare.»

Per un istante Arnold aveva ipotizzato che lei e il padre del bambino fossero già separati prima che lui morisse in mare. Ma quando gli occhi le si erano riempiti di lacrime, Arnold si era reso conto che erano partiti insieme. E che lei lo aveva visto annegare così come erano annegati quelli che avevano viaggiato con Arnold.

«E tu come hai fatto?» le aveva chiesto.

«Dovevo tenere nostro figlio fuori dall'acqua» aveva risposto lei.

«Come si chiama?» voleva sapere Arnold.

«Paris» aveva risposto Darline e, prima che lui potesse dire altro, aveva spiegato: «Suo padre sognava di andare a Parigi un giorno».

Quindi Arnold aveva immaginato il padre del bambino, un uomo giovane che come lui non soltanto fuggiva dalla miseria ma rispondeva al canto di sirena di una città lontana, a cui si sentiva di appartenere. Arnold immaginava di vivere a Miami sin da quando era un bambino. Molte persone che conosceva a Port-de-Paix erano emigrate alle Bahamas su di una barca, e da lì alcuni si erano spostati a Miami. Aveva provato per Miami il medesimo desiderio struggente che il padre di Paris doveva aver provato per la capitale francese.

Quello che non aveva previsto riguardo a Miami, però, era la pletora di storie identiche alla sua. Nemmeno aveva immaginato che avrebbe trovato famiglie di senzatetto che dormivano sotto un ponte a pochi metri dal cantiere dell'hotel di lusso che stava aiutando a erigere. Anche le notizie della morte dei poveri bambini che sentiva al telegiornale lo lasciavano attonito, o di quelli che venivano abbattuti dalla polizia o si ammazzavano a vicenda nelle scuole, a casa loro, mentre passeggiavano per strada, o giocavano nei parchi della città.

Nel cortile con le altalene aveva iniziato a piovigginare. Arnold aveva pensato che Darline sarebbe corsa dentro ed era pronto a seguirla, ma lei non si era mossa.

«Dov'è ora tuo figlio?» le aveva chiesto.

«Ho un'amica al lavoro che ha un figlio come lui, e a volte Paris sta con lei. Facciamo a turno.»

Con "un figlio come lui" intendeva un bambino orfano di padre, o reso orfano dal mare? Oppure suo figlio soffriva di una qualche infermità?

«È malato?» le aveva chiesto.

«È stato il primo a cadere in acqua» aveva risposto lei. «Può darsi che sia successo qualcosa alla sua testa.»

Gli stava esponendo tutte le complicazioni della sua vita affinché lui potesse prenderle in esame. Gli stava dicendo che poteva andarsene o restare. Arnold aveva deciso di restare.

Darline si era incastrata sul sedile di un'altalena e aveva provato a farla dondolare. Lui era rimasto ad ascoltare il cigolio delle catene. Lei si era spinta avanti e indietro alcune volte, poi aveva affondato le scarpe nella terra per frenarsi. Una volta che Darline aveva piantato i piedi saldamente a terra, lui si era proteso e l'aveva baciata.

Erano tornati dentro e Arnold le aveva chiesto di aspettare nell'angusto corridoio mal illuminato mentre andava nella camera che condivideva con altri tre uomini e aveva creato un aeroplanino di carta per suo figlio. Era l'unico giocattolo che aveva avuto da bambino. Tutte le volte che trovava pezzi di carta nell'immondizia o per terra, Arnold si costruiva un aeroplanino. Alla fine era diventato un esperto. Il primo aeroplanino di carta che aveva fatto per Paris era bianco e senza decorazioni, ma aveva un paio d'ali lunghe e strette, e poteva volare lontano.

Darline aveva l'abitudine di redigere liste su un piccolo taccuino. Liste di cose di cui aveva bisogno per un dato giorno, liste di persone che aveva accompagnato ai centri di accoglienza dalla spiaggia, anche se da quando aveva soccorso Arnold non ci era più tornata. La guardia costiera aveva intensificato i controlli e gli sbarchi si erano diradati.

Un giorno, Darline gli aveva letto una pagina da quel taccuino. Il suo nome era l'unico nella lista che lei aveva intitolato: "Uomini della spiaggia che ho baciato".

Lui aveva colto la palla al balzo per chiederle come mai aveva continuato a tornare su quella spiaggia dopo che il marito era annegato.

Darline aveva sempre chiamato i soccorsi per quelli che stavano annegando, gli aveva raccontato, proprio come aveva fatto il giorno in cui era arrivato Arnold. Non si era mai tuffata in acqua per salvare qualcuno, perché non si reputava capace di stare a galla. Inoltre, una persona disperata può usare la tua testa come trampolino per emergere dalle onde, e lei aveva un figlio a cui badare. Continuava a tornare sulla spiaggia perché era il luogo di sepoltura del marito, e anche il suo. La donna che era stata quando i tre – lei, il marito e il figlio – erano saliti su quel barcone e avevano lasciato Haiti, anche lei era dispersa in mare.

L'approdo fu più brusco di quello precedente. La caduta libera terminò quando il suo corpo si abbatté sul tamburo della betoniera. Fu scaraventato in un miscelatore buio pieno di calcestruzzo. A intervalli di pochi secondi il suo viso emergeva dal miscuglio di sabbia e ghiaia tritata e umida. Arnold teneva la bocca chiusa provando a spingere l'aria fuori dal naso ed espellere la miscela granulosa che il corpo cercava di inalare.

Fece finta di nuotare e provò a dare gambate proprio come aveva fatto quando il barcone si era fermato in mare aperto e gli era stato ordinato di nuotare verso riva. Tentò di dare anche qualche bracciata, ma non riuscì a muovere né braccia né gambe. Eppure il suo corpo era in continuo movimento perché il tamburo continuava a ruotare. Provò ad afferrare il perno, ciò che in un posto più stabile, una casa, un tempio o un altro luogo di culto, si sarebbe chiamato *poto mitan*, il pilastro centrale. Impiegò le forze rimaste per proiettare il corpo verso il perno e afferrarlo con ambo le mani. Vi riuscì solo per qualche istante prima di essere spinto in un'altra direzione.

Adesso si sentiva più leggero, più di quando stava precipitando. Le sue ossa si liquefacevano, il sangue evaporava, e ora si percepiva come pergamena o un altro materiale di consistenza porosa: tulle, o il sangallo che Darline adorava.

Non prestò attenzione all'avvicendarsi del rombo e dello sferragliamento della betoniera. Non notò le striature di sangue che contaminavano il calcestruzzo, o il fatto di non avvertire alcun dolore. Poi la betoniera smise di girare e udì il silenzio, presto rimpiazzato da grida, brontolii e «Oddio». Quindi sentì le sirene, che lo riportarono sulla spiaggia, alla sabbia grigia e all'espressione fosca di Darline, alla sua tuta azzurra, alla camicia rossa di Paris, e al vomito chiazzato di verde e arancione nel bagno del fast food.

Dal punto in cui si trovava dentro la betoniera vide un aereo solcare il cielo terso. E fu allora che si rese conto di essere prossimo a morire, e che la morte gli offriva un senso di libertà che non aveva mai sperimentato prima. Ogni cosa a cui pensava gli si materializzava davanti agli occhi. Tutto ciò che desiderava poteva averlo, tranne quello che voleva di più, ovvero non morire. Aveva espresso il desiderio che una creatura alata lo tirasse fuori dalla betoniera, e infatti eccola lassù nel cielo, nella forma di un aeroplano. Lui e Darline avevano messo da parte i soldi per portare Paris su un aereo. La scelta era tra un viaggio e un anello, e in buona sostanza erano già sposati, gli aveva detto Darline. Paris era il loro anello. Si amavano e amavano lui. Era loro figlio.

Arnold voleva rivedere Darline e Paris. Anche solo per un'ultima volta. Voleva rivedere il loro viso. Voleva tenerli per mano. Voleva baciarli come faceva sempre, in modo diverso, lei sulla bocca e lui sulla testa, nel punto in cui, quando era un bebè, aveva avuto la fontanella.

L'aereo stava lentamente scomparendo, e si udì sussurrare: «*Rete la,* aspetta, *quédate*». Voleva chiedere al velivolo di restare, o a Darline e Paris di rimanere nella sua mente, ma il faccione roseo del caposquadra gli impediva di vedere il cielo, e udì quell'uomo, solitamente scorbutico, dire: «Non temere, Fernandez. Non vado da nessuna parte. Stanno arrivando i soccorsi, amico».

Ah, giusto, i documenti che aveva presentato per ottenere il lavoro attestavano che lui era Ernesto Fernandez di Santiago di Cuba. Nessuno in cantiere, nemmeno gli altri haitiani, conoscevano il suo vero nome. Non credevano che fosse "cubano cubano", come dicevano, ma siccome masticava un po' di spagnolo, pensavano che avesse vissuto sull'isola per un po' e cambiato nome.

Arnold non sapeva quanto sarebbe durato quello stato di semincoscienza, la capacità di pensare e ricordare, perciò decise di perseverare, di vedere fino a che punto poteva arrivare. E se fosse levitato fuori dalla betoniera? E se avesse sorvolato tutta la città e fatto visita alle uniche due persone che amava? Voleva che lo vedessero, o almeno percepissero la sua presenza. Non sapeva se avrebbe funzionato. Avrebbero sentito un soffio caldo o una brezza gelida. Un oggetto a loro vicino si sarebbe mosso. La cornice di una fotografia sarebbe caduta, un bicchiere sarebbe andato in frantumi. Avrebbero notato la sua sagoma con la coda dell'occhio, avvertito il suo odore pungente dopo il lavoro, o udito la sua canzone preferita? Avrebbero sentito un solletico sui palmi delle mani? Avrebbero percepito la carezza dei suoi baci? O sarebbe apparso in sogno?

Paris sarebbe stato più suscettibile ai segnali che Arnold gli avrebbe lanciato. Il bambino era già "tocco". Aveva perso una parte della mente da qualche parte, tra il mare e la spiaggia.

Arnold sentì il tempo contrarsi, tuttavia non sarebbe tornato indietro fino ai tempi della sua infanzia a Port-de-Paix. Era comunque un capitolo della sua vita che aveva cercato di dimenticare. Non aveva mai conosciuto i suoi genitori, non aveva mai saputo chi fossero. Era cresciuto come sguattero in una casa di estranei, dato via da chiunque lo avesse messo al mondo. Sapeva solo di non avere legami di sangue o di parentela con la proprietaria della casa dove era cresciuto.

E non aveva legami biologici neppure con i suoi due figli, per i quali lavava, stirava e cucinava, e che accompagnava a scuola, anche se erano più grandi di lui di qualche anno. Forse i suoi genitori erano morti. La donna che lo aveva allevato non li nominava mai tranne per dirgli, quando combinava qualche disastro in cucina o non puliva a fondo la casa, che era inutile e che non meritava dei veri genitori.

Arnold era fuggito da lei e dai suoi figli non appena ne aveva avuto la possibilità, spostandosi verso il confine dove aveva trovato riparo in un magazzino dove caricava e scaricava sacchi di farina, zucchero e riso per i mercanti e i venditori haitiani. Era stata una delle venditrici a informarlo del barcone che stava per salpare da Haiti. Suo fratello era il capitano, gli aveva detto. Arnold le aveva dato tutti i soldi che aveva messo da parte solo per poter tornare e mostrare alla crudele padrona e ai suoi figli che era diventato qualcuno.

Dopo essersi trasferito a casa di Darline, e quando lei lo aveva accompagnato in una clinica gratuita per immigrati di North Miami, Arnold aveva scoperto che anche lei era in attesa dei documenti. Aveva appena conseguito la laurea di primo grado a Haiti quando era rimasta incinta di Paris. Il padre del bambino era un suo compagno di scuola del Latibonit e nutrivano l'uno per l'altra, come diceva lei, un amore irrealizzabile. Lei amava la sua famiglia. Amava il suo paese. Voleva restare nel Latibonit. Voleva invecchiarci e morirci. Lei e il padre di Paris ricevevano abbastanza risorse dalle famiglie per tirare avanti. Ma quando lui le aveva annunciato che sarebbe partito per Miami su una barca, il fatto che lei e Paris restassero indietro non era nemmeno stato preso in considerazione.

«È stata una follia» aveva detto ad Arnold. «Pensavo di non poter vivere senza di lui. Pensavo che avrei smesso di respirare se lui non fosse stato vicino a me. Specialmente dopo che avevamo avuto il bambino.»

Quando erano giunti a Miami, solo lei e Paris erano emersi dall'acqua. Il cadavere del marito non era mai stato ritrovato. Dopo un breve ricovero, erano stati mandati in un centro di accoglienza per donne. L'avvocato della clinica per immigrati l'aveva definito "permesso di soggiorno umanitario". Lo stesso avvocato aveva detto ad Arnold che lui era entrato nel paese in modo illecito. In altre parole, non si era presentato a nessun agente di frontiera nel giorno del suo arrivo negli Stati Uniti, vale a dire che tecnicamente lui non era lì.

Voglio vedere Darline, si disse Arnold. Adesso aveva più cognizione di come funzionasse. Quel che non sapeva era se ci fossero limiti ai desideri che sarebbero stati esauditi.

Tutt'a un tratto si ritrovò nella cucina del ristorante di Little Haiti dove Darline lavorava. La stanza era piccola e invasa dal vapore, le pareti incrostate di unto. Darline stava cucinando un pentolone di polenta con fagioli rossi. Accanto a lei c'era un altro pentolone di merluzzo in umido. Era stato in quella cucina tante di quelle volte che forse si trattava solo di un ricordo. Darline era così sudata che per lui era dura immaginare che potesse resistere là dentro per tutto il giorno. La donna bevve un sorso da una bottiglia d'acqua, poi sollevò il coperchio della pentola dove aveva messo dei platani a bollire. Mentre lavorava, canticchiava una canzone, e lui fece lo stesso. Forse lo avrebbe percepito. Forse lo avrebbe perfino udito.

Latibonit O era l'unica canzone che le avesse mai sentito cantare. Darline la cantava così spesso che nemmeno se ne accorgeva. La cantava quando era felice, la cantava quando era preoccupata, quando era triste. Iniziò a cantarla anche in quel preciso istante.

Latibonit O, yo voye pale m, yo di m Sole malad...

La canzone, credeva Arnold, parlava di un sole malato che incombeva sulla regione dove Darline era nata. Cantò con lei fino alla parte in cui il sole è costretto a letto, poi muore e viene sepolto. La canzone era sempre stata, nella mente di Arnold, un solenne addio all'ora dorata che precede il tramonto. Non sapeva come fossero i tramonti nel Latibonit, ma Port-de-Paix ne aveva di bellissimi, tenui quel tanto che bastava per non accecarti quando guardavi dritto verso l'orizzonte. Gli mancava l'impressione che all'imbrunire il tempo si fermasse, anche se soltanto per la durata di un sospiro.

Arnold cantò a squarciagola, ma non riuscì a produrre suoni udibili. Quello, scoprì, era uno dei suoi limiti. Udì un ronzio provenire dal grembiule di Darline, una vibrazione familiare. Era il suo cellulare.

Ciò che sentì dopo aver risposto la infastidì. Posò il mestolo di legno che stava usando per mescolare i platani. Fece schioccare la lingua per l'esasperazione, ed emise un suono simile a un fischio.

La sua amica, Oula, entrò con diverse comande. Darline aveva un'aria distratta perciò Oula le chiese: «*Sa k genyen*, Darline?».

«È per Paris» rispose.

«Quell'insegnante continua ad assillarti?» Fedele al suo nome, Oula era sempre lì quando Darline aveva bisogno di lei. Anche la donna aveva un figlio che gli insegnanti giudicavano lento di comprendonio.

Arnold non sapeva quanto tempo avesse a disposizione, perciò pronunciò il nome di Paris e si augurò che fosse interpretato come il desiderio di vedere il bambino.

Alla scuola di Paris era ora di ricreazione. Il bambino sedeva da solo in un angolo tra due librerie, a fare barchette di carta con i fogli che l'insegnante gli aveva dato. Arnold e Paris erano passati dagli aeroplani alle barchette. Quell'attività aiutava Paris a concentrarsi, ma aiutava anche Arnold. Le barchette gli rammentavano che era sopravvissuto al mare.

Gli altri bambini facevano merenda e si rincorrevano per l'aula mentre l'insegnante li minacciava di sospendere la ricreazione o con altre forme di privazione. Paris non alzava nemmeno lo sguardo per assistere a quel bailamme. Il preside della scuola voleva inserirlo in una classe speciale, ma la madre si era opposta. Non era turbolento, solo eccessivamente affascinato da certe cose, aveva detto Darline al preside e a chiunque volesse assegnare a suo figlio un'etichetta che non fosse "timido".

Arnold conosceva troppo bene i marchi d'infamia che si imprimevano a certi bambini per non dirsi d'accordo con Darline. Gli insegnanti non potevano capire cosa aveva passato Paris. Non sapevano che il padre era annegato a pochi metri da lui. Il bambino sembrava soffrire, come la madre, di un lutto perenne.

Paris aveva chiamato Arnold "*papa*" non appena si erano incontrati. Darline aveva organizzato un pranzo al ristorante dopo l'orario di lavoro. Paris non aveva detto niente durante il pasto, ma quando Arnold stava per andare via gli aveva domandato: «Sei tu il mio *papa*?».

«Potrei esserlo» aveva risposto lui.

Darline aveva sorriso e il bambino gli era saltato tra le braccia. Evidentemente entrambi avevano interpretato quella risposta come un dono. All'improvviso la sua vita valeva qualcosa. Era diventato padre.

Nell'aula, Arnold si accovacciò accanto a Paris, nello spazio angusto tra le librerie. Provò ad abbracciarlo, ma non sentiva il corpo del bambino più di quanto il bambino sentisse il suo.

Avvicinò il viso a quello di Paris, gli schiacciò le labbra contro l'orecchio destro e gridò affinché il bambino potesse udirlo: «Paris, figlio mio, un giorno andrai a Parigi. Avrai una famiglia e volerai su un aereo vero».

Rimase in attesa della prova che il figlio lo avesse sentito o almeno percepito, ma non ne vide. Ora Paris era all'ottava barchetta. Piegava il foglio per la lunghezza, poi agli angoli. C'era sempre un momento, quando facevano le barchette insieme, in cui Arnold pensava che Paris si sarebbe accontentato di fermarsi alla forma di un cappellino, invece il bambino proseguiva finché non appariva una poppa o una chiglia.

«Addio, Paris» gridò all'orecchio del figlio. «Ti prego, non smettere mai di amare tua madre.»

Poi sorrise quando il bambino si mollò una pacca sull'orecchio in cui gli aveva gridato, come se qualcosa di minuscolo, come una zanzara, gli avesse ronzato intorno.

Paris scomparve. O forse era stato Arnold a scomparire.

Tornò al cantiere. Non ferito ma sano, proprio come quando quel mattino era partito da casa. Indossava ancora la salopette arancione fluorescente e il casco protettivo dello stesso colore. Il tempo gli stava giocando un brutto tiro, o era lui a giocare con il tempo? Stava camminando rasente il nastro giallo della polizia nel presente o nel passato?

Il cantiere era stato cordonato e molti degli uomini con cui lavorava girovagavano là intorno, sporgendosi oltre il nastro per vedere meglio i fotografi che inquadravano la betoniera. I furgoni delle emittenti televisive con le antenne allungate erano schierati dall'altra parte della strada, e i cronisti intervistavano alcuni dei suoi colleghi o qualche passante, molti dei quali sostenevano di averlo visto cadere. Dapprima il suo corpo si era agitato in maniera scomposta, raccontavano, quindi era caduto di testa nel canale di scarico.

La compagnia edile e il costruttore avevano già diramato un comunicato, che veniva letto da molti degli inviati per l'edizione del telegiornale delle dodici: «Siamo profondamente addolorati per la tragica morte di Ernesto Fernandez. Porgiamo le più sentite condoglianze alla famiglia, agli amici e ai colleghi. Collaboreremo con gli inquirenti per scoprire come sia potuto avvenire un incidente tanto increscioso e per prevenire analoghe fatalità in futuro».

C'erano video ripresi con il cellulare di lui che precipitava, girati da diverse angolazioni. Alcuni lo avevano filmato da terra. Altri dai tetti o dai balconi. Nel collage frettoloso di quelle registrazioni, Arnold non aveva l'aspetto di una persona bensì di un grosso oggetto che cadeva a piombo. Andava troppo veloce per essere identificato come essere umano se il filmato non veniva riprodotto al rallentatore.

La leggerezza tornò. Quella sensazione di un vuoto d'aria, del corpo che evaporava. Anche Darline e Paris stavano svanendo. Si stavano trasformando in nostalgie lontane, ombre sbiadite sul terreno.

Ci sono amori che sopravvivono agli amanti. Mentre precipitava Arnold aveva recitato alcune versioni di queste parole come preghiera. Lui ne avrebbe avuti addirittura due: Darline e Paris. Avrebbe continuato a cercarli. Avrebbe continuato a canticchiare la canzone di Darline e a sussurrare parole all'orecchio di Paris. Avrebbe anche provato a ricondurre Darline sulla spiaggia, a cercare altri come lui.

Ringraziamenti

Sono profondamente grata a Kathy Neustadt, Nancy Neustadt Barcelo, Susan Schwart Neustadt, l'Università dell'Oklahoma, Daniel Simon, la rivista "World Literature Today" per il Neustadt International Prize for Literature 2018 e la Ford Foundation per la Art of Change Fellowship 2018. Entrambi questi riconoscimenti mi hanno offerto la compagnia di persone straordinarie, l'opportunità di realizzare opere meravigliose e instaurare pregevoli collaborazioni. La mia riconoscenza va a Elizabeth Alexander e Achy Obejas, per la grazia con cui sostengono e patrocinano gli scrittori professionisti. Debbo la mia gratitudine a Nicole Aragi, Charles Rowell e Deborah Treisman, che spesso sono i primi lettori dei miei racconti. Grazie anche a Robin Desser, per aver viaggiato lungamente al mio fianco. E grazie alla mia famiglia – Bob, Kelly, Karl, Fedo, Mira, Leila, madame Boyer, e all'intero clan Danticat e Boyer – per tutto ciò che riesco e non riesco a esprimere.

I versi in epigrafe "Nascere è il primo esilio..." sono tratti dalla poesia di Cindy Jiménez-Vera "COULD YOU TALK TO US ABOUT YOUR COUNTRY'S HISTORICAL MEMORY?", presente nel volume *I'll Trade You This Island: Selected Poems,* tradotto in inglese da Guillermo Tebollo-Gil

(Ediciones Aguadulce, Biblioteca Desembocaduro, 2018). "Noi amiamo perché è l'unica vera avventura" è tratto invece dalla poesia di Nikki Giovanni "Love: Is a Human Condition", estrapolata dalla raccolta *The Collected Poetry of Nikki Giovanni: 1968-1998* (Harper Perennial Modern Classics, gennaio 2007). Le parole di "Ci incontreremo al fiume?" appartengono all'inno *At the River* scritto da Robert Lowry nel 1864. La versione di *Take Me to the Water* di Nina Simone è quella registrata al Morehouse College di Atlanta nel giugno del 1969. *Haitian Fight Song* di Charles Mingus è tratta dall'album *The Clown*, registrato nel 1957. *Latibonit O* è una celebre canzone popolare haitiana che evoca la regione dell'Artibonite – Latibonit, in creolo – nella parte settentrionale del paese. Le parole possono essere tradotte a seconda che si interpreti il sostantivo "Sole" come la nostra stella (in questo caso normalmente scritto "solèy") o come una persona con quel nome. Se si interpreta nel primo modo, come fa il personaggio del racconto, il verso citato in *Approdi* può essere così tradotto:

Oh Artibonite, mi hanno chiamato
per dirmi che il sole è ammalato.
Al mio arrivo lo troverò moribondo.
Al mio arrivo sarà già all'altro mondo.
A malincuore lo dovrò seppellire.
Seppellire il sole mi fa soffrire.

Indice